강태공

개천기
6

강태공 개천기6

1판 1쇄 인쇄 2021년 1월 2일
1판 1쇄 발행 2021년 1월 10일

글쓴이   박석재
펴낸이   이경민

편집   이순아
디자인   문지현

펴낸곳   ㈜동아엠앤비
출판등록   2014년 3월 28일(제25100-2014-000025호)
주소   (03737) 서울특별시 서대문구 충정로 35-17 인촌빌딩 1층
전화   (편집) 02-392-6903 (마케팅) 02-392-6900
팩스   02-392-6902
전자우편   damnb0401@naver.com
SNS   [f] [Instagram] [blog]

ISBN 979-11-6363-328-0 (03800)

동아엠앤비

강태공

개천기 6

박석재

소설

동아엠앤비

1부

강여상을 만나다

단기 1208년 봄 조선 감성관이었던 나 산의생은 상나라 천문대로 자문하러 갔다. 주지육림에 빠진 하나라 걸왕을 멸하고 탕왕이 세운 나라가 바로 상나라였다. 하지만 막상 도착해보니 주왕이라는 자가 하나라 걸왕처럼 나라를 말아먹고 있었다…….

점쟁이 여상

단기 1208년 어느 날 저녁 나는 상나라 수도 은허 근처 주막에서 혼자 술잔을 기울이고 있었다. 그 주막은 낭떠러지 끝부분에 자리를 잡고 있어 경치가 좋기로 유명했다. 그래서 나도 상나라에 온 지 며칠 만에 들르게 됐다. 훨씬 규모가 큰 식당과 객잔들이 주변에 있었지만 그 주막만큼 경치가 좋지 못했다.

마침 저녁노을이 물들기 시작해 주막은 환상적인 분위기에 휩싸였다. 시간이 조금 이른 탓인지 손님이라고는 나 혼자였다. 나를 수행한 상나라 병사 둘은 주막 밖에서 내가 타고 온 말과 함께 대기하고 있었다. 노인이 술과 안주를 쟁반에 담아 가지고 왔다.

"주인장, 손님도 없는데 잠깐 앉게."

"미천한 제가 어떻게 감히……."

"괜찮아. 자, 한 잔 받아요."

"그래도 되겠습니까?"

망설이던 주인은 조심스럽게 자리에 앉아 잔을 받았다. 가까이 보니 얼굴이 범상치 않아 보였다.

"주인장, 성함이 어찌 되시오?"

"미천한 사람 이름까지 묻다니요, 그저 감사할 따름입니다. 저는 강여상이라고 합니다."

"아니, 성이 강씨라고? 당신이?"

"몰골은 이렇지만 성은 강이 틀림없습니다."

강씨는 최초의 우리 배달족 성씨다.

강여상의 얘기를 들어보니 기가 막혔다. 하나라 우왕이 9년 홍수를 극복할 때 선조가 공을 세워 '여' 지역의 땅을 하사받았다고 했다. 그래서 자기 이름에 '여'가 들어갔단다. 만일 그 말이 사실이라면 그는 하나라 때 귀족으로 떵떵거리고 살던 집안의 후손이었다. 하지만 상나라 때 집안이 몰락했고 마씨 집안에 데릴사위로 팔려 갔으나 곧 버림을 받았다. 이후 안 해본 것이 없을 만큼 파란만장한 인생을 살다가 주막을 열게 됐다는 것이다.

"……이 노인네는 배달족입니다. 그리고 몸뚱이가 여기 살고 있을 뿐이지 상나라 사람도 아닙니다. 이 상나라가 배달족 나라이기는 합니다만 우리 가문에게는 원수와 같은 존재지요."

말을 마친 강여상은 술을 한 잔 쭉 들이켰다.

"얘기를 듣고 보니 주인장은 훌륭한 집안 분이시군요. 가벼이 대한 빈학의 결례를 용서하시오. 빈학도 상나라 사람은 아닙니다. 조선 아사달에서 왔지요."

"입으신 옷 하며……, 어쩐지 상나라 분이 아닌 것 같아서 저도 솔직하게 이것저것 말씀드렸습니다."

"그러셨군요. 이 사람은 조선의 감성관으로서 이름은 산의생이라 합니다. 단군 폐하의 명을 받아 잠시 상나라 천문대를 도와주러 왔습니다."

"아이고, 하늘을 연구하시는 귀한 분이셨군요! 물론 신분이 높은 분이라는 것은 짐작하고 있었습니다만……."

주인은 내 수행 병사들을 흘끗 곁눈질했다.

"신분이 높기는요, 여기서는 용병이나 마찬가지입니다."

"겸손하시기까지 하니 학문이 높으신 분이 틀림없군요. 천자국 조선에서 제후국 상나라에 내려오신 분께 용병이라는 말이 가당키나 합니까."

내가 잔을 비우자 강여상은 얼른 술을 채웠다. 나는 신분이 낮은 주막 주인과 마주한 마당에 수행 병졸들도 동석시키기로 마음먹었다.

"자네들도 이리 와 한잔하게."

내가 부르자 그들은 기다렸다는 듯 말을 묶어놓고 한걸음에 달려왔다. 나는 그들에게도 술을 따라주고 안주도 추가로 주문했다. 강여상이 부엌에 있는 부인에게 간 사이 병졸 하나가 나에게 조심스럽게 물었다.

"나리도 점을 치러 오셨습니까요?"

"점을 친다고?"

"나리가 상나라에 오신 지 얼마 안 돼 모르시는데 저 노인네가 유명한 점쟁이입니다요. 점쟁이 여상이라면 이 은허에서 모르는 사람이 없습지요."

"그래? 어쩐지 외모가 범상치 않더라니……"

"마누라는 여기서 주모 일을 하고 자기는 평소 은허 시장터에서 점을 칩니다요. 저희가 이 주막에 자주 왔지만 저 노인네가 직접 시중드는 건 오늘 처음 봅니다요."

"그게 사실인가?"

"어느 안전이라고 저희가 거짓을 아뢰겠습니까요."

잠시 후 강여상이 돌아왔다.

"강 어르신이 유명한 점술가라고……, 이 병사들이 그러네요."

"에이, 이 사람들이 쓸데없는 소리를 아뢰었구먼. 이 늙은이가 태호복희왕의 환역과 하나라 연산역, 이 상나라 귀장역을 조금 알아서 먹고사는 데 보태고 있습니다."

"그러면 돈을 많이 버셨겠네요."

"아닙니다요. 강 어르신은 복채를 거의 받지 않으십니다요. 그래서 사람들이 더욱 존경하는 것입니다요."

조금 전 그 병졸이 다시 끼어들자 강여상은 담담하게 말했다.

"공짜로 해주면 사람들이 너무 많이 몰릴까 봐 조금 받고 있습니다."

"왜 복채를 제대로 받아 돈도 버시지……."

"허어, 정확히 맞히지도 못하는데 어떻게 복채를 받겠습니까. 그리고 이 늙은이는 어려서부터 워낙 어렵게 자라서 가진 것이 없어도 살아가는 재주가 있답니다."

강태공

"그래도 돈을 받아야 부인이라도 고생을 덜 하실 것 아닙니까. 그건 그렇다 하고……, 방금 환역, 연산역, 귀장역이라고 하셨는데……, 그러면 사주팔자를 보시는 겁니까?"

"아니오, 역들은 사주팔자와 상관없습니다. 사주팔자는 배달국부터 내려오는, 다른 종류의 역술이지요."

"그럼 제 것도 한 번 봐주시지요."

"여기 주막에서는 책이 없어서 봐 드릴 수가 없습니다."

"그렇군요. 그런데 얼마나 용하시기에 은허에서 모르는 사람이 없습니까?"

강여상은 잠시 망설이다가 대답했다.

"오늘 주막에 귀한 손님이 오신다는 점괘가 나왔습니다. 그래서 여기 와 천자국 조선의 감성관님을 직접 뵙고 있지 않습니까."

나와 병졸들은 할 말을 잊었다.

"그런데 혹시 여기서 누구 만나기로 약속하셨습니까?"

강여상이 물었다.

"아니오, 이 주막이 경치가 좋다고 해서 혼자 와봤습니다."

"점괘에 따르면 귀한 손님이 한 분 더 오실 것 같은데……."

손님들이 주막에 하나둘씩 들어오는 바람에 강여상은 자리에서 일어날 수 밖에 없었다.

나와 병졸들이 추가된 술과 안주를 먹고 있는데 갑자기 굉요가 나타났다. 굉요는 어렸을 때 아사달에서 같은 학당을 다닌 내 친구인데 관리였던 아버지가 상나라로 좌천되는 바람에 아사달을 떠나게 됐다. 소년 시절 엉엉 울면서 헤어졌던 우리가 며칠 전 다시 만났을 때 그 기쁨이란 이루 말할 수가 없었다! 당시 굉요는 상나라에서 말단 관직을 맡고 있었다. 얼굴이 우락부락하고 관복을 입은 굉요가 나타나자 병졸들이 황급히 자리에서 일어나 인사했다.

"이제 먹을 것도 대충 다 먹었으니 자네들은 일어나게."

내가 말하자 병졸들은 말 곁으로 돌아갔다. 굉요가 자리에 앉으며 퉁명스러운 목소리로 말했다.

"다시는 아랫사람들을 동석시키지 말게."

"그게 무슨 소린가?"

"한 번 동석시키면 다음에도 동석시켜줄 것을 기대한다네. 그러면 자네는 앞으로 올 때마다 수행 병졸에게 술을 사야 해. 계속 베풀면 다음부터 고마워하기는커녕 당연한 일로 여긴다네."

"다음에 동석시키지 않으면 되지."

"한 번 동석시키고 다음에 안 하면 욕을 한다네. 그러니까 어느 경우든 자네에게 좋은 것이 없어. 그러니 처음부터 동석을 시키지 말게."

"모자란 사람들만 그러겠지. 대부분은 진심으로 고마워하지 않겠는가."

"아니야. 열이면 아홉은 그렇다네."

강태공

"열에 아홉?"

"사람들은 잘해준 일은 곧 잊어버리지만, 서운하게 한 일은 절대 잊지 않는다네. 특히 마누라들은 모두 그래."

"마누라까지는 모르겠네."

"이 사람이 누구 앞에서 거짓말을 하는가. 마누라들은 단 한 명도 예외가 없어."

"나는 마누라가 없다네."

"안 데리고 왔어?"

"아니, 아사달에도 없어."

"왜?"

"아직 장가를 안 갔거든."

"그래? 아니 그동안 뭐 했는가?"

"밤에 별을 보고 우주를 공부하다 보니……."

"세상 공부를 자네 혼자 다 하는가? 그럼……, 내가 상나라 처녀 하나 소개해줄까?"

"장가 얘기는 그만두세. 그거 아니어도 사는 게 충분히 골치가 아파. 조금 전에도 아랫사람을 동석시키는 문제를 가지고 자네랑 토론하지 않았는가. 듣고 보니 자네 말이 맞는 것 같기도 하네. 하지만 나는 열에 한 명이라도 진심으로 고마워한다면 그것으로 만족일세. 꼭 무엇을 바라고 그러는 건 아니야."

"자네답구먼! 그게 인간 산의생의 매력일세. 어렸을 때부터 마음

015
강여상을 만나다

이 참 넓었지. 변한 게 하나도 없네그려."

"강여상이 그 열에 하나였으면 좋겠네."

"강여상이 누군가?"

나는 다른 손님들의 시중을 들고 있던 강여상을 턱으로 가리켰다. 꿩요가 놀라 물었다.

"점쟁이 여상 말인가? 성이 강씨였어?"

"저 사람은 보통 사람이 아닐세. 자네가 여기 올 것도 알고 있었어."

"내가 여기 올 것을 알고 있었다고? 자네하고 약속한 것도 아니고……, 하도 울화가 치밀어서 밖에 나와 걷다가 우연히 자네를 발견하고 왔는데?"

"강여상이 구체적으로 자네를 찍어서 말한 건 아닐세. 하지만 조금 전 나에게 귀한 손님이 한 분 더 온다고 분명히 말했다네."

"그래?"

"그런데 왜 울화가 치밀었는가?"

"어찌하여 이 상나라가 이 지경이 됐는지 속상해 미치겠네."

꿩요는 기울이던 술잔을 큰소리가 나도록 탁자에 내려놓았다. 주막의 다른 사람들이 놀라 힐끗힐끗 우리를 바라봤다.

"자네 주지육림이라는 말 아는가?"

"알다마다. 옛날 하나라 걸왕이 궁전 가운데 연못을 술로 채우고 주위 나무에는 고기를 매달고 놀았다는 뜻이지."

강태공

"그와 비슷한 일들을 우리 상나라 주왕께서 지금 벌이고 계시다네."

"이 사람아, 말조심하게."

나는 손가락을 입에 대고 주의를 시켰다. 상나라에 오자마자 들은 첫 얘기가 주왕을 욕하면 누구든지 사정없이 잡아간다는 말을 들었기 때문이었다. 하지만 굉요는 괘념치 않았다.

"자네 상나라에 온 지 며칠 안되서 아직 내궁에 못 가봤지?"

"내궁은 그만두고 아직 주왕 얼굴도 보지 못했다네. 나는 주로 외궁과 천문대에서 지내."

"그건 천자국 조선의 신하에 대한 예의가 아닌데……."

"그야 내 직급이 낮아서 그런 게지."

"아니, 그래도 그렇지. 상나라 천문장은 뭘 하는가. 자네를 주왕에게 인사시키지 않고……."

"듣자니 천문장 양호도 주왕을 본 지 꽤 오래됐다고 들었네. 주왕은 천문을 별로 좋아하지 않는다고 들었네."

"하긴 요즘 아예 정사를 돌보지 않으니까……. 나도 얼마 전에 어렵게 내궁에 들어가 봤는데 정말 가관이더군. 하나라 걸왕을 뺨칠 정도일세. 달기라는 요녀가 주왕의 눈과 귀를 모두 가려버렸다네."

"달기? 하긴 걸왕도 말희라는 요녀 때문에 결국 하나라를 말아먹었지."

"나는 지금 주왕의 숙부 되시는 비간이라는 분을 모시고 있네.

조카인 주왕에게 직언을 서슴지 않는 상나라 최고의 충신이시지. 그분은 요즘 나라 걱정으로 잠을 제대로 주무시지 못한다네."

"그런 분이 계신가? 언제 뵈었으면 하네만⋯⋯."

"내가 자네 인사드릴 기회를 마련하겠네."

강태공

희단 왕자

　며칠 후 나는 은허 시장터에 있는 강여상의 점집에 들렀다. 상나라 천문대에서 그다지 멀지 않은 곳이어서 오전에 불쑥 건너갔던 것이다. 문간에 앉아 책을 보고 있던 청년이 고개를 들고 손님을 받지 않는다고 말했다.

　"어디가 편찮으신가? 들어가서 감성관 산의생이 왔다고 전하라."

　"스, 스승님은 추, 출타 중이십니다."

　청년은 놀라 벌떡 일어나 얼버무렸다. 하지만 무엇인가를 열심히 설명하는 강여상의 커다란 목소리가 밖에까지 들려왔다.

　"총각, 자네는 거짓말을 못 하는구먼."

　나는 말리는 청년의 손을 뿌리치고 문을 열고 안으로 들어갔다. 들어가 보니 무장한 장졸 3명이 문 앞에 앉아 있다가 나를 보고 벌떡 일어났다. 나는 놀란 와중에도 군복에 새겨진 글씨를 놓치지 않았다.

　'주나라? 처음 듣는 나라 이름인데…….'

　장교로 보이는 자가 정중하게 말했다.

　"오전에는 내실에 아무도 들이지 말라는 엄명이 있으셨습니다. 죄송하지만 오후에 다시 오시지요."

　"알았습니다. 그럼 오후에 다시 오겠소."

장교의 태도가 너무 깍듯하고 목소리에서 거부할 수 없는 힘이 느껴져 나는 순순히 발길을 돌릴 수 밖에 없었다.

오후가 되자 나는 다시 들렀다. 오전과 달리 이번에는 총각이 처음부터 일어나서 정중하게 인사했다. 곧 강여상이 뛰어나왔다.

"아이고, 감성관님! 오전에는 정말 죄송했습니다!"

"아주 귀하신 주나라 손님이 왔었나 봅니다. 왕자님이라도 됩니까?"

"하하하, 감성관님이 점을 치셔도 되겠습니다. 주나라 왕자님이 오셨지요."

"정말입니까?"

"왕자님은 왕자님이지만 제자랍니다. 귀장역을 배우러 한 달에 한 번씩 오시지요."

"주나라가 멀지 않은가 봅니다. 왕자님이 직접 오시나요?"

"멀지 않다니요. 여기서부터 걸어가면 풍경은 닷새가 넘게 걸립니다."

"풍경이요?"

"주나라 도읍지의 이름입니다."

"아, 그렇군요. 그럼 그 먼 길을 왕자님이 직접 오신단 말씀인가요?"

"그야 말을 타고 오시니까……."

여기서 강여상은 청년에게 가까이 오라고 손짓했다.

"제자를 인사시켜드리겠습니다. 저 친구 이름은 남궁괄입니다."

청년은 다가와 정중하게 인사했다.

"소생은 남궁괄이라고 합니다. 오전에는 본의 아니게 실례했습니다."

"실례는 무슨……, 불쑥 들른 빈학이 미안했소이다."

청년이 인사를 마친 뒤 다시 자리로 돌아가 앉자 강여상이 말했다.

"제자를 막 부려 먹는다고 오해하지 마십시오. 점쟁이가 되려면 손님들 접수하는 것부터 배워야 합니다, 하하하. 어서 내실로 드시지요."

내실로 들어가 자리에 앉자 강여상은 따뜻한 차를 대접했다.

"주나라는 나라라기보다 아직은 대부족이라는 표현이 더 어울립니다. 오늘 다녀간 왕자님은 문왕의 셋째 아들 희단이고요."

"셋째 아들이요?"

"예, 그래서 비교적 자유롭게 돌아다니십니다."

"나이가……."

"희단 왕자님은 이제 12살입니다."

"주나라는 역사가 긴 나라인가요?"

"아니요, 문왕이 첫 왕입니다. 그래서 상나라의 구박이 말도 못하게 심합니다. 주나라가 크기 전에 싹부터 자르려고 주왕이 안달입니다."

"요즘 상나라는 조선이 인정하는 유일한 제후국이라는 위상 자체가 흔들리고 있는 것 같습니다."

"그게 다 폭군 주왕 때문이지요."

무심코 말을 꺼낸 강여상이 깜짝 놀라 주위를 둘러보았다.

"아이고, 요즘 말조심해야지……."

"희단 왕자님이 귀장역을 배우러 다닌 지 얼마나 됩니까?"

"이제 막 1년이 넘었습니다."

"한 달에 한 번 배워서 진도가 나가나요?"

"처음에는 희단 왕자님도 여기 오는 것을 싫어했습니다. 문왕께서 '너는 막내니까 귀장역이나 배워라' 하시며 반강제로 보내셨지요. 하지만 왕자님이 워낙 총명하셔서 이제는 스스로 재미있어하시고 열심히 공부하십니다."

"그렇습니까?"

"한 달 동안 열심히 공부하고 와서 질문을 하는데 제가 대답하지 못하는 경우도 허다합니다."

"에이, 설마요. 아무리 총명한 왕자님이라고 해도 12살짜리가 어떻게 강 어르신이 답하지 못하는 질문을 할 수가 있습니까."

"문왕 전하 때문입니다."

"예에?"

"문왕께서 태호복희왕의 환역에 아주 능통하시어 희단 왕자님에게 직접 가르침을 주신다고 합니다."

"아니, 그럼 왕자님이 뭐하러 강 어르신에게 옵니까?"

"글쎄요, 문왕께는 환역을 배우고 저한테는 귀장역을 배우러 온다고 할까요. 다음 달 왕자님이 올 때 같이 뵙지요. 직접 뵈면 왕자님의 총명함에 감성관님도 놀라실 것입니다."

"강 어르신이나 희단 왕자님을 아사달 도서관에 모시고 가면 정말 좋아하실 텐데……. 거기 가면 복희, 발귀리, 자부, 유위자 이런 분들이 직접 만드신 죽간이나 책이 산더미처럼 있답니다."

"도서관이요?"

"여러 자료를 모아놓은 곳을 도서관이라고 합니다."

"아, 그림을 뜻하는 '도'와 책을 뜻하는 '서'를 합친 말이군요."

"정확히는 태호복희 '하도'의 '도'와 하나라 우왕 '낙서'의 '서'를 합친 것이지요."

"아, 그렇군요. 한 번 꼭 가보고 싶습니다. 언제 이 늙은이가 꼭 볼 수 있게 해 주세요."

"도서관에는 배달국 초기 갑골문자가 새겨진 거북 등껍질도 수백 개나 있습니다. 그게 천자국 감성의 위엄이지요. 하여튼 오시기만 하세요. 빈학이 모두 보여드리겠습니다."

그때 방구석에 놓여있던 바둑판과 바둑돌이 눈에 띄었다.

"강 어르신, 바둑 두십니까?"

"조금 둡니다. 지금까지 누구에게 져본 적이 없지요."

"그래요? 빈학도 아사달에서 바둑 하면 열 손가락 안에 들어갑니다. 한 수 가르쳐주시겠습니까?"

"좋지요."

그리하여 나는 강여상과 바둑을 두게 됐다. 서너 판을 둔 후에야 비로소 내가 최소한 3점은 깔아야 이길 수 있다는 사실을 깨달았다.

상나라 천문대

상나라는 제후 국가 중 유일하게 천문대를 설치해 운영하고 있었다. 천문대는 상나라가 단군조선의 다른 제후국보다 위상이 하나 높았음을 상징하는 기관이었다. 하지만 상나라 천문대의 수준은 너무 낮았다. 천문관들은 일반 백성보다 우주를 조금 더 아는 정도였다. 나는 천문관들에게 천문의 기초부터 매일 조금씩 가르쳐줬다. 특히 감성에서 가져온 천문 괘도들을 이용해 기초부터 자세히 가르쳐줬다.

"……자, 이 그림을 보세요. 우리 감성에서 수백 년 동안 전해 내려온 천문교재입니다. 계절에 따라 서쪽 하늘로 지는 해의 위치를 그려놓았습니다. 여기 해가 세 개 있지요? 제일 왼쪽 것은 하짓날, 제일 오른쪽 것은 동짓날, 가운데 것은 춘분과 추분 때 해의 궤적입니다. 그림에서 보다시피 춘분과 추분 때 해는 정동 방향에서 떠서 정서 방향으로 집니다. 춘분 바로 다음 날은 정동 방향보다 아주 조금 북쪽에서 떠서 정서 방향보다 아주 조금 북쪽으로 지지요. 이렇게 해가 매일 살금살금 북쪽으로 올라가서 하지 때는 그림에서 보는 바와 같이 북동쪽 가까운 방향에서 떠서 북서쪽 가까운 방향으로 집니다. 그래서 낮이 밤보다 길고 해도 정오에 남쪽 하늘 높이 뜨는 것이지요. 하지가 지나면 다시 해가 살금살금 남쪽으로 내려와서 추분이 되면 정동 방향에서 떠서 정서 방향으로 지는 것입니다. 동지 때는 해가 남동쪽 가까운 방향에서 떠서 남서쪽 가까운 방향으로 집니다. 그래서 낮이 밤보다 짧고 해도 정오에 남쪽 하늘 낮게 뜨는 것이지요……."

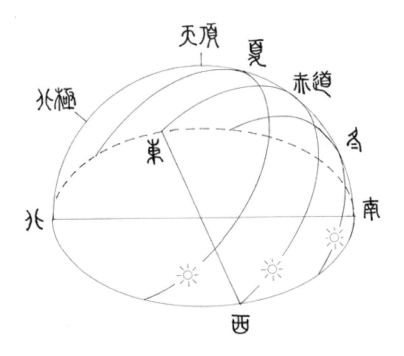

내 설명을 들은 천문장 양호가 물었다.

"이 둥근 구면이 우리 눈에 보이는 하늘이라는 거지요? 그러면 관측자는 어디에 있는 겁니까?"

"좋은 질문입니다. 관측자는 저 구면 안 십자의 중앙에 있는 것이지요. 이 구면을 천구라고 합니다."

"아니, 이 커다란 하늘을 요렇게 작은 구면과 같다고 우기는 겁니까?"

"그렇지요! 하늘은 둥근 구면으로 보이지 않습니까. 자, 설명을 계속하겠습니다. 춘분과 추분 때 해가 하늘에 그리는 궤적을 천구의 적도라고 합니다. 별을 관측하려면 먼저 실제 하늘에 적도를 그릴 줄 알아야 합니다. 머리 위를 천정이라고 하지요. 지평선의 동쪽 지점, 지평선의 서쪽 지점, 그리고 천정에서 대략 30도 정도 남쪽으로 내려간 지점, 이렇게 세 점을 지나는 커다란 원을 하늘에 그려보세요."

나는 오른팔로 허공에 원을 그려 보였다. 천문관들도 나를 따라 원을 그렸다.

"그 가상의 원을 적도라고 합니다. 그게 바로 이것이지요."

나는 그림에서 적도를 가리켰다.

이번에는 대머리 천문관이 조심스럽게 물었다.

"제가 보기에 저 그림에서는 적도가 천정에서 30도가 아니라 45도 정도 남쪽으로 내려간 지점을 지나는데요. 이유가 뭡니까?"

"아, 좋은 질문입니다! 이 그림은 아사달에서 본 하늘을 그린 것입니다. 아사달에서는 적도가 천정에서 44도 정도 남쪽으로 내려간 지점을 지나기 때문이지요."

"제가 알기로는……, 아사달도 한 번 이사하지 않았습니까?"

"맞아요! 지금 아사달은 색불루 단군 때 소밀랑에서 백악산으로 이사했지요. 그 전 아사달에서는 적도가 천정에서 46도 정도 남쪽으로 내려간 지점을 지납니다."

"그럼 적도는 위치에 따라 달라진다는 말씀이신가요?"

"그렇습니다! 앞에서 말한 44도, 46도는 바로 그 지역에서 천구의 북극 고도입니다. 빈학이 측정해보니까 여기 상나라에서는 천구의 북극 고도가 30도 정도였습니다. 그래서 빈학이 적도를 지평선의 동쪽 지점, 지평선의 서쪽 지점, 그리고 천정에서 30도 정도 남쪽으로 내려간 지점, 이렇게 세 점을 지나는 커다란 원이라고 설명했던 것입니다."

"그럼 저희가 그 그림을 토대로 우리 상나라에 맞게 다시 그리겠습니다. 그래야 저희들도 후배들을 가르쳐주지요."

"훌륭합니다!"

내가 칭찬하자 이번에는 배가 불룩 나온 천문관이 물었다.

"아사달 감성에서는 춘분, 하지, 추분, 동지를 어떻게 결정합니까? 저희는 그냥 감성의 역서를 따라갑니다만……."

"감성관들이 매일 정오 막대기의 그림자를 지켜보는 것입니다. 즉 1년 중 정오 막대기의 그림자가 가장 긴 날이 동지, 가장 짧은 날이 하지가 됩니다. 나머지 24절기들은 이것들을 기준으로 정한 것입니다."

"나머지 24절기라니요?"

"아시다시피 음력 2월에는 춘분, 5월에는 하지, 8월에는 추분, 11월에는 동지를 배치합니다. 그 다음에 1월에는 입춘과 우수, 2월에는 경칩과 춘분, 3월에는 청명과 곡우, 4월에는 입하와 소만, 5월에는 망종과 하지, 6월에는 소서와 대서, 7월에는 입추와 처서, 8월에는 백로와 추분, 9월에는 한로와 상강, 10월에는 입동과 소설, 11월에는 대설과 동지, 12월에는 소한과 대한을 추가하는 것입니다."

"그럼 매월 24절기 중 2개가 들어갑니까?"

"그건 아닙니다. 아시다시피 음력에는 윤달이 있습니다. 윤달이 끼면 1년이 13달이 되는 게 문제입니다. 바로 24절기가 엉망이 되는 것이지요. 윤달에는 24절기가 하나만 들어갑니다."

"윤달이 들어가는 이유는 무엇이지요?"

"그것은 물론 해와 달의 운행 때문입니다. 양력의 1년은 365일이고 음력의 1년은 354일입니다. 즉 양력의 1년과는 365 - 354 = 11일의 차이가 나게 되고 이 차이가 3년간 축적되면 거의 1달이 됩니다. 따라서 3년에 1번씩 윤달을 집어넣어야 양력과 음력이 맞춰지는 것입니다."

대머리 천문관이 다시 물었다.

"그러면 윤달은 무조건 3년에 1번씩 들어갑니까?"

"아닙니다. 정확히 19년에 7번 윤달이 들어가야 음력과 양력이 최고로 정확히 일치하게 됩니다."

"19년에 7번이요? 아이고, 머리가 깨질 것 같네요!"

대머리 천문관은 머리를 쥐어짜는 흉내를 내며 일어섰다.

"그럼 지금부터 별자리들을 공부하시겠습니다. 여기 혹시 28수 자료가 있습니까?"

천문장 양호가 28수 이름이 적힌 비단을 가지고 왔다.

상나라 주왕

며칠이 지난 후 마침내 굉요 덕분에 주왕의 숙부인 비간을 뵐 수 있게 됐다. 굉요의 안내를 받아 외궁의 집무실로 가자 비간은 내 양손을 잡으며 반가이 맞았다.

"아사달에서 천문관이 왔다는 말은 익히 들었소. 만나서 반갑소이다."

비간은 생각보다 나이가 많았고 목소리는 약간 떨렸다.

"빈학은 조선의 감성관 산의생입니다. 비간 어르신께 인사를 드릴 수 있게 돼서 영광입니다."

"영광은 무슨……. 어서 자리에 앉으시오."

탁자에는 훌륭한 바둑판과 귀한 옥으로 만든 바둑알이 있었다.

"비간 어르신, 바둑 두십니까?"

내가 묻자 굉요가 대신 대답했다.

"이 사람아, 어르신은 상나라에서 바둑을 제일 잘 두신다네. 내가 넉 점은 깔아야 할 정도야."

"그래? 잘됐네! 나도 바둑을 무척 좋아한다네. 어르신, 한 수 가르쳐주시겠습니까?"

"좋소이다. 심심하던 차에 잘 됐소."

그리하여 비간을 만나자마자 바둑부터 두게 됐다. 시녀들이 가져온 차를 마시며 세 판을 둔 결과 내가 한 판 이기고 두 판은 졌다.

바둑판을 물리며 비간이 말했다.

"오랜만에 한 판 져봤소. 실력이 나랑 비슷해서 바둑이 무척 재미있었소. 덕분에 잠시 나라 걱정을 잊었소이다, 하하하."

"많이 봐주신 것 같았습니다."

"상나라에 계신 동안 자주 놀러 오시오. 이 은허에는 이 늙은이랑 바둑을 둬서 이겼다 졌다 할 사람이 없소이다."

"아닙니다, 어르신. 빈학이 석 점 접어야 하는 고수가 있습니다."

"그런 고수가 있소? 이 은허에?"

비간이 기절초풍하자 굉요가 나를 다그쳤다.

"아니, 그게 정말인가? 나도 모르는데 상나라 사람도 아닌 자네가 어찌 아는가? 그게 누구야?"

"점쟁이 여상이라네."

"점쟁이 여상? 아니 그 노인네가?"

굉요가 비간을 보며 어이없다는 듯 웃었다. 그러자 비간이 시녀를 불러 명했다.

"당장 점쟁이 여상을 데리고 와라. 장졸들에게 정중하게 모셔오라고 명하라."

명을 받은 시녀는 집무실을 서둘러 나갔다.

'바둑을 둬보니 성질이 급하신 분이야. 이런 분들이 불의를 보면 못 참는 법이지.'

한참 뒤 강여상이 장졸들의 안내를 받으며 나타났다.

"소인은 강여상이라 합니다. 비간 어르신을 뵈어 영광입니다."

"인사는 나중에 하고 일단 바둑부터 둡시다. 처음이니 깔지는 않겠소이다."

그리하여 두 판을 뒀지만 결과는 뻔했다. 비간의 돌들은 바둑판 사방에서 죽어 나갔고 마침내 비간의 비명이 방에 울려 퍼졌다.

"졌소이다! 힝복하겠소!"

강여상은 어찌할 바를 모르고 고개를 숙이고 있었다.

"어찌 이런 분이 우리 상나라에 계셨단 말이오! 허어, 등잔 밑이 어둡구먼!"

비간이 고개를 절레절레 흔들며 말하자 굉요가 맞장구쳤다.

"점도 아주 잘 치신다고 소문이 파다합니다."

"이름이 여상이라 했소? 나이는 어찌 되오?"

"소인 막 66세가 됐습니다."

"그럼 나보다 네 살 아래니 벗으로 지내면 딱 좋겠구먼. 내가 조치해 줄 테니 앞으로 자주 들러 바둑을 가르쳐주시오."

"여부가 있겠습니까."

강여상이 다시 한 번 고개를 숙여 감사했다.

'아니, 강 어른의 나이가 그렇게 많았나?'

시녀들이 다시 뜨거운 차를 가지고 왔다. 차를 마신 비간이 정색하며 강여상에게 물었다.

"바둑은 바둑이고……, 우리 상나라의 운명은 앞으로 어찌 되오? 점을 한 번 쳐보시지요."

"개인의 미래도 모르는데 어찌 나라의 미래를 알겠습니까. 소생이 거기까지는 알 수 없사옵니다."

강여상이 말을 마치자 내가 끼어들었다.

"강 어른에게 아예 관직을 주시면 어떻겠습니까? 옆에 두시고 국사를 돌보시면 상나라에 큰 도움이 될 것으로 생각합니다. 우리 조선의 경우는 감성이 단군에게 점성술 결과를 수시로 보고합니다. 감성관의 역할이 역술인과 비슷합니다. 하지만 상나라의 천문대는 수준이 아직 멀었습니다. 빈학이 서둘러도 내년은 돼야 점성술의 기초를 가르쳐 줄 수 있을 정도입니다. 그러니까 강 어른 같은 분이라도 궁궐 내에 있어야 상나라가……."

비간이 내 말을 끊고 강여상에게 물었다.

"오! 그것 참 좋은 생각이오. 왜 진작 그런 생각을 못 했을까. 여상은 내 휘하로 들어오겠소?"

"여부가 있습니까. 비간 어르신께 충성을 다하겠습니다."

강여상은 조금도 망설이지 않고 비간의 제의를 받아들였다. 그런 모습이 조금은 의아하게 느껴졌다.

'아니, 그렇게 관리가 되고 싶으셨나?'

그리하여 강여상은 역술관이라는 이름으로 관복을 입게 됐다. 말단 자리였지만 강여상은 궁궐 생활에 잘 적응했다. 관복과 잘 어울리는 흰 수염을 보노라면 마치 오래전부터 국록을 먹은 사람처럼 보였다. 점집은 남궁괄에게 넘겨줬고 주막 또한 아는 사람에게 맡겼다. 체면 때문에 부인이 주모 일을 계속할 수는 없었던 것이다.

강여상이 입궐하고 나서 한 달이 지난 어느 날 비간이 나를 찾는다고 천문대로 전갈이 왔다. 달려가 보니 강여상도 비간 집무실에 와있었다. 비간이 나에게 물었다.

"감성관도 아직 주왕을 뵙지 못했지?"

"예, 어르신."

"허어, 천문장은 그동안 뭐 했는고. 어찌 손님을 그렇게 대접하는가. 오늘 역술관과 함께 주왕께 인사를 드리러 갑시다."

그리하여 우리 셋은 내궁으로 갔다.

'아, 드디어 주왕을 가까이에서 보는구나.'

금은보화로 치장한 내궁은 호화롭기 짝이 없었다. 비간이 앞에 서고 나와 강여상은 뒤에 선 채로 한참을 기다렸다. 마침내 주왕이 나타나 자리에 앉자 우리는 큰절을 올렸다. 먼저 비간이 고개를 들고 조카인 주왕에게 고했다.

"전하, 오늘은 새 신하 둘을 인사시키려고 하옵니다. 이 두 사람은 모두 우리 상나라에 큰일을 할 것입니다."

"모두 일어서시오."

주왕의 목소리가 딱딱하게 느껴졌다. 고개를 드니 금포를 두른 주왕의 신경질적인 모습이 눈에 들어왔다. 뚱뚱한 외모와 어울리지 않게 높고 짜증스러운 목소리로 물었다.

"숙부님 때문에 신나게 놀다가 멈추고 들어왔소이다. 그래, 이 자들이 누구요?"

비간은 약간 당황한 목소리로 나부터 소개했다.

"이 사람은 천자국 조선에서 온 감성관 산의생이라 합니다."

"감성관이 무엇이요?"

"우리 상나라의 천문관과 같은 것이옵니다."

"아니, 그럼 밤에 별을 보는 사람이란 말인가?"

"그렇사옵니다. 거의 두 달 전 우리 상나라에 왔으나 아직 알현을 못 했다고 해서 신이 데리고 들어왔나이다."

나는 한 발 앞으로 나가 고개를 숙여 인사했다.

"별을 보면 쌀이라도 쏟아지오? 우리 천문관들이 국록을 갉아먹고 있는 것도 못마땅하거늘 뭐 하러 조선에서 데려오기까지 한단 말이오?"

'뭐 이런 놈이 다 있나.'

나는 어이가 없었다. 비간은 서둘러 강여상을 다시 소개했다.

"전하, 이 사람은 역술관 강여상이라고 합니다."

강여상이 한 발 앞으로 나와 고개를 숙여 인사했다.

"역술관? 숙부님, 노망이 드셨소? 별쟁이에 이어 점쟁이까지 짐에게 인사를 시키다니……."

주왕은 화를 버럭 내더니 일어나 나가버렸다.

'짐이라고? 짐은 단군 천자나 쓸 수 있는 말이거늘……'

희발 세자

갑자기 강여상이 어두운 표정으로 천문대에 나타났다.

"역술관님, 무슨 일이 있습니까?"

내가 조심스럽게 묻자 강여상이 대답했다.

"주왕이 드디어 일을 저질렀소."

"예에? 무슨 일을……."

"며칠 전 주나라 문왕을 잡아들였습니다. 문왕은 지금 유리라는 곳 감옥에 계시오. 그리고 본보기로 문왕의 첫째 아들인 왕세자를 죽였습니다. 자기를 비방했다는 누명을 씌워서 말이지요."

"허어, 이것 참……."

"비간 어른께서 지금 어쩔 줄 몰라 하고 계십니다. 그런 모습을 옆에서 지켜보자니 나도 가슴이 아파 감성관님이라도 보러 왔소."

"잘 오셨습니다."

"오늘 만나자는 희단 왕자님의 전갈을 받았습니다. 같이 가시겠소?"

"아니, 입궐 후에도 희단 왕자님을 계속 가르치셨습니까?"

"예에, 남궁괄의 점집에서 몰래 가르쳐왔지요."

"그럼 어서 가도록 합시다!"

나는 서둘러 자리에서 일어났다.

오랜만에 점집에 가보니 남궁괄이 늘 앉아있던 자리에 웬 처녀가 앉아 있었다.

"제 여식입니다. 인사드려라. 천자국 조선의 산의생 감성관이시다."

처녀는 일어나 공손하게 인사했다.

"아, 역술관님 따님이 계셨습니까?"

"예, 저 애 말고 아들이 하나 더 있습니다"

얼굴을 찬찬히 뜯어보니 처녀의 눈과 코가 강여상을 그대로 닮았다. 인사를 마친 내가 안으로 들어가니 주나라 장졸 5명이 앉아있다가 벌떡 일어났다. 지난번에 만나 낯이 익은 얼굴들이었다.

"어서 내실로 들어가시지요. 왕자님들께서 아까부터 기다리고 계십니다."

장교가 정중하게 내실의 문을 열었다.

"왕자님들? 아니, 희발 왕자님도 오셨소?"

강여상이 묻자 장교가 고개를 끄덕였다. 나와 강여상이 서둘러 들어가니 남궁괄과 두 왕자가 자리에서 일어났다.

"아니, 희발 왕자님도 오셨군요! 오랜만입니다!"

강여상은 키가 더 큰 왕자의 두 손을 맞잡으며 반갑게 외쳤다.

"강 어르신, 정말 오랜만입니다."

희발 역시 크고 씩씩한 목소리로 반갑게 인사했다. 그러자 키가 작은 왕자가 강여상을 부둥켜안으며 절규했다.

"스승님, 저희는 어찌하면 좋습니까!"

'저 소년이 희단 왕자로구나.'

잠시 희단의 등을 토닥거리며 달래던 강여상이 나를 보며 말했다.

"왕자님들, 조선의 산의생 감성관을 인사시켜드리겠습니다."

강여상의 말이 떨어지기가 무섭게 나는 고개를 숙이며 인사했다.

"조선 감성관 산의생, 주나라 왕자님들께 인사드리겠습니다."

그러자 희발이 다시 큰 목소리로 인사했다.

"둘째 왕자 희발이라 하옵니다."

희단 왕자도 약간 작은 목소리로 인사했다.

"셋째 왕자 희단이라 하옵니다."

나는 강여상으로부터 여러 차례에 걸쳐 얘기를 들어서 희단 왕자가 마치 오래전에 만난 사람처럼 느껴졌다. 하지만 희단 왕자의 얼굴을 본 것은 사실 그때가 처음이었다.

"자, 일단 모두 앉지요. 대책을 논의해 봅시다."

강여상의 권유에 따라 둥근 상 주위에 모두 자리를 잡고 앉았다. 그러자 강여상의 딸이 따뜻한 차 다섯 잔을 상에 놓고 나갔다. 무거운 분위기 속에서 희단이 하소연했다.

"큰형님까지 죽임을 당한 지금 저희 주나라 사람들이 할 수 있는 일은 아무것도 없습니다. 스승님과 감성관님이 좀 도와주세요."

대답 대신 내가 깊은 한숨을 내쉬자 강여상이 위로의 말을 건넸다.

"두 왕자님은 걱정하지 마시기를 바랍니다. 제가 비보를 듣고 문왕 전하의 점괘를 여러 번 봤습니다. 이번에 세자님 말고 다른 분들은 변고를 겪지 않으실 듯합니다."

그러자 남궁괄이 처음으로 입을 열었다

"소생의 점괘에도 왕세자님만 돌아가시는 걸로 나왔습니다."

순간 왕자들의 표정이 조금 밝아졌다.

"그런 점괘를 얻다니 제법이로구나. 진작 독립시켜줄 것을……."

강여상이 대견한 눈으로 바라보며 말하자 남궁괄은 어쩔 줄 몰라 했다. 강여상은 왕자들을 보며 침착하게 말했다.

"이미 물은 엎질러졌으니 일단 지켜보도록 합시다. 너무 서둘러 대책을 마련하면 오히려 독이 될 수 있습니다."

희단이 아쉬운 목소리로 말했다.

"이 우둔한 제자가 스승님을 우리 주나라 관리로 모신다는 생각을 미처 못했습니다. 상나라 관복을 입고 계신 스승님을 보니 가슴이 아픕니다."

그러자 강여상이 정색을 하고 말했다.

"왕자님들, 이 늙은이는 상나라 사람이 아닙니다. 소신이 상나라의 말단 관직이 탐나서 비간 어른 밑으로 들어갔다고 생각하십니까?"

그 말에 잠시 침묵이 흘렀다. 강여상이 약간 흥분한 목소리로 다시 입을 열었다.

"이 노인네가 마음먹고 점을 쳐서 돈을 벌면 지금 받는 국록의 열 배, 백 배도 벌 수 있습니다. 그런데 왜 상나라 궁궐에 들어갔겠습니까?"

다시 침묵이 흘렀다. 강여상은 흥분을 가라앉히며 말했다.

"제가 평생 공부하지 않은 세상일이 없습니다. 하지만 체험하지 않은 지식은 아무런 쓸모가 없었소이다. 아무리 공부하고 생각해도 밖에서 궁궐 안이 어떻게 돌아가는지 알 길이 없었습니다. 그리고 주왕 주변에는 어떤 인물들이 있는지 알고 싶어 육십 평생 처음으로 입궐할 기회가 왔을 때 앞뒤 가리지 않고 일단 수락한 것입니다."

'아, 그게 이유였구나.'

궁금했던 문제가 하나 이렇게 풀렸다.

"이제 궁궐 안이 어떻게 돌아가는지 파악이 끝났습니다. 더 머물 이유도 없어 기회만 있으면 상나라 궁궐을 나오려고 합니다. 단지 비간 어른의 후의를 배신할 수 없어서 때를 기다리는 중입니다."

강여상이 말을 마치자 내가 물었다.

"그럼 궁궐을 나오시면 다시 역술 일을 하실 생각입니까?"

"그건 아니오. 이 집이야 이제 남궁괄에게 줘야지요. 지금부터 제가 할 일은 딱 한 가지입니다. 여러분과 함께 문왕 전하를 최대한 빨리 유리의 감옥에서 나오게 만드는 일입니다."

그 말을 듣고 희발이 말했다.

"그리 말씀하시니 저희 왕자들은 몸 둘 바를 모르겠습니다. 아바마마는 잡혀가시면서도 소자에게 왕세자를 명하셨습니다. 아바마마께서는 아마 두 번 다시 저희를 볼 수 없을 것으로 생각하신 모양입니다."

"세자 전하가 되셨습니까? 이 늙은이의 결례를 용서하시오소서."

강여상이 희발에게 갑자기 큰절을 올리는 바람에 나와 남궁괄도 엉겁결에 같이 큰절을 올렸다.

충신 비간

　보름 후 모든 문무백관에게 입궁하라는 주왕의 명이 떨어져 상
나라가 발칵 뒤집혔다. 궁궐 안에서는 끔찍한 장면이 벌어지고 있
었다. 백 명이 넘는 장졸들이 둘러싼 가운데 평복을 입은 비간이
형틀에 묶여 곤장을 맞고 있었던 것이다!

　이미 여러 대를 맞은 듯 옷에 피가 여기저기 배어 있었다. 수백
명의 문무백관이 모여 있었지만 무섭도록 조용했고 비간의 고통스
러운 비명만이 그 침묵을 깨고 있었다. 이윽고 주왕이 들어와 옥좌
에 앉자 비간을 향한 매질이 멈췄다. 주왕이 노기충천한 목소리로
외쳤다.

　"모든 신하는 들으시오!"

　문무백관들이 일제히 대답했다.

　"예, 전하!"

　"비간이 사사로이는 짐의 숙부지만 사는 사, 공은 공이다. 비간
은 조카인 짐의 정사를 사사건건 간섭해 나라를 어지럽혔다. 심지
어 짐을 보고 황음무도하다고 욕까지 했도. 어찌 짐이 가만히 있
을 수 있겠는가. 짐은 비간을 일벌백계함으로써 나라의 기강을 바
로잡겠다. 여봐라, 포락형을 준비하렷다!"

　순간 궁궐 안이 술렁였다. 나와 강여상도 얼굴을 마주 봤다. 포
락형이 무엇인가. 불구덩이 위에 기름칠한 둥근 구리 기둥을 걸쳐

놓고 그 위로 죄인을 걸어가게 만드는 형벌 아닌가!

'말로는 익히 들어봤지만 눈으로 직접 보는 것은 처음이다.'

주왕은 가끔 왕권을 강화하기 위해 듣기 싫은 말을 하는 신하들에게 포락형을 줬다고 천문관들이 얘기한 적 있었다. 그리고 죄인이 미끄러운 구리 기둥에서 떨어져 타죽는 것을 보면서 주왕과 달기라는 요녀는 손뼉을 쳤다는 것이었다. 포락형 준비가 끝나자 화려하게 치장한 미녀가 나타나 주왕의 옆에 앉았다.

'아, 저년이 달기로구나.'

먼발치에서 봐도 달기의 미색은 돋보였다. 비간이 구리 기둥 앞으로 끌려가면서 주왕을 바라보고 외쳤다.

"네 이놈, 하늘이 무섭지 않으냐! 아, 이제 상나라도 끝이구나!"

그러자 주왕이 갑자기 외쳤다.

"여봐라! 형을 멈추고 비간을 짐 앞으로 데려오너라!"

형리들이 비간을 앞으로 데려가자 끔찍한 말이 주왕의 입에서 나왔다.

"네가 늘 선인처럼 잘난 척하지 않았느냐. 짐이 듣기로 선인은 심장에 구멍이 7개나 있다고 들었다. 북두칠성의 기운을 받아서 그렇다나 뭐라나……, 하여튼 네가 과연 선인인지 아닌지 심장을 보고 싶다. 여봐라! 저놈의 심장을 꺼내 보아라!"

명을 받은 형리가 잠시 망설이자 주왕은 그 형리도 죽이라고 명령했다. 그리하여 옆에 있던 형리들이 동료 형리를 칼로 쳐 죽이는 일까지 벌어졌다. 형리들은 즉시 비간을 살해하고 피가 뚝뚝 떨어지는 심장을 꺼내 주왕에게 바쳤다. 문무백관들은 고개를 돌리지도 못하고 눈만 감았다. 나중에 알았지만, 고개를 돌렸다고 처형당한 전례가 있었기 때문이었다.

"봐라, 선인이 아니지 않느냐! 선인도 아닌 놈이 그동안 짐 앞에서 그렇게 잘난 척을 했더란 말이더냐, 하하하!"

주왕은 벌건 피가 뚝뚝 떨어지는 비간의 심장을 높이 들고 신이 나서 외쳤다.

'아, 저놈은 사람이 아니다. 사람이 어찌 저럴 수 있단 말인가…….'

그날 밤 강여상이 주막으로 나를 불렀다. 강여상이 술을 한 잔 비우더니 내뱉듯 말했다.

"기자도 감옥에 가뒀답니다."

"기자가 누굽니까?"

"주왕의 숙부가 둘입니다. 비간 어르신보다 나이가 어린 기자라는 사람이 있지요."

"무슨 이유인가요? 그분도 간언을 많이 하셨나?"

"기자는 나약한 사람이오. 얼마 전부터 분위기가 점점 험악해지고 비간 어르신이 화를 당할 것이 확실해지자 실성한 척했소이다. 하지만 주왕이 속지 않고 옥에 가둔 것이오."

"주왕도 똑똑하군요."

"모든 사람을 의심하고 있다고 합니다. 점점 더 포악해져 걱정이오."

"역술관님은 비간 어르신의 운명이 그렇게 될 것을 미리 아셨나요?"

"점괘가 좋지 않아 나도 극구 말렸소. 하지만 충신은 죽더라도 옳은 말을 해야 한다며 비간 어르신은 듣지 않았소이다. 나이 칠십에 살면 얼마나 더 살겠냐고 말씀하셨소. 꼬박 3일간 식음을 전폐하시더니 마침내 결심하고 주왕을 찾아간 것이오. 그래서 결국……."

강여상은 말을 맺지 못하고 다시 한 잔 술을 들이켰다.

"비간 어르신은 정말 보기 드문 상나라의 충신이셨군요."

"미자 왕자도 와서 그렇게 말렸는데……."

"미자 왕자요?"

"주왕의 이복형입니다. 같은 애비 자식인데 두 사람이 너무 달라요. 미자 왕자는 신변의 위협을 느껴 피신했다고 들었소."

한동안 침묵이 흘렀다.

"이제 기다리던 때가 왔소. 나도 곧 이 지옥 같은 상나라 궁궐에서 나갈 것이오."

강여상이 결심한 듯 말했다. 그때 굉요가 달려와 숨을 헐떡이며 다급하게 외쳤다.

"헉헉, 여기들 계셨네! 헉헉, 얼마나 찾았는데……."

"오, 굉요. 어서 자리에 앉게."

굉요는 숨도 고르지 못하고 나직한 목소리로 말했다.

"역술관님, 지금 이러고 계실 때가 아닙니다! 헉헉, 어서 피신하세요!"

"피신?"

"헉헉, 주왕이 비간과 가까운 사람들을 구체적으로 거명하며 모두 잡아들이라고 명했답니다. 헉헉, 특히 요사스러운 일을 꾸민 점쟁이를 잡으라고 했다는데 그게 역술관님 아니고 누구겠습니까."

그 말을 듣고 강여상은 황급히 주막을 빠져나갔다. 굉요가 강여상 자리에 앉았다. 나와 굉요는 달리 할 일도 없어 계속 술을 들이켰다.

"굉요 자네는 괜찮은가? 자네도 비간 어르신을 모셨잖아."

"나는 워낙 말단이라 있는 줄도 모를 거야."

"지위가 낮아서 좋을 때도 있군."

"인간사가 묘하지? 궁궐 안에서는 높이 올라간다고 무조건 좋은 것이 아니라네."

"그래도 마음을 놓지는 말게. 주왕이 언제 변덕을 부릴지 모르고 어떤 놈이 고자질할 수도 있으니까……. 자네는 그렇다 치고……, 나는 괜찮을까? 비간 어르신이 나하고 역술관님을 주왕에게 데리고 가서서 따로 인사까지 시켰는데……."

"에이, 이 사람아! 누가 감히 천자국 손님을 건들겠는가. 아무리 주왕이라도 자네를 해하지는 못할 걸세. 염려 붙들어 매."

"정말 그럴까? 워낙 무도한 놈이라……. 나는 그렇다 쳐도 자네는 절대로 방심하지 말게나."

그때 장졸 5명이 주막에 들이닥쳤다.

"역술관 강여상이 여기 있느냐!"

장교가 외치자 병졸들은 주막을 뒤지기 시작했다. 우리는 술을 마시다 말고 자리에서 벌떡 일어나 주막을 나왔다. 굉요가 불안한 표정을 짓더니 나지막하게 말했다.

"아무래도 집에 가봐야겠네!"

다음 날 나는 남궁괄의 점집에 들러봤다. 점집은 쑥대밭이 돼 있었고 남궁괄과 강여상 여식의 생사조차 알 길이 없었다. 근처 상인들에게 물었으나 두 사람을 보지 못했다는 답만 되풀이됐다. 굉요의 집도 엉망진창이었다. 모두 어디로 사라진 것일까…….

천문대에 들어가자마자 천문장 양호가 나를 찾았다.

"무슨 일이라도 있습니까?"

내가 묻자 양호는 걱정스러운 표정으로 말했다.

"감성관님, 즉시 상나라를 떠나라는 주왕 전하의 명입니다."

"예에?"

내가 말귀를 못 알아듣는다고 생각했던지 양호가 분명히 말했다.

"감성관님을 즉시 추방하라는 왕명이 내려왔습니다. 오늘 안으로 은허를 떠나셔야 합니다."

나는 어이가 없었다.

"추방이라니요? 아니, 죄목이 뭡니까?"

"평소에 역적 비간과 가까이 지내신 것이 죄라면 죄라고나 할까요……."

"허어, 아직 천문관들에게 가르쳐드릴 것이 많은데……."

"감성관님은 천자국 조선에서 오셨으니까 전하가 봐주신 겁니다. 어제 잡혀간 사람들은 모두 참수를 당했다고 합니다."

"알겠소. 그러면 말이라도 한 마리 내주시오."

"추방되셨기 때문에 어떤 도움도 드릴 수가 없습니다."

"그게 무슨 말이오? 초청받아 수천 리 길을 마다치 않고 도와주러 온 사람을 이렇게 돌려보낸단 말이오?"

"죄송합니다. 뒤를 봐 드리면 제 목이 떨어집니다."

"잘 알겠소. 하지만 말 한 마리 없이 아사달까지 어떻게 간단 말입니까?"

"번조선까지만 가시면 도움을 받을 수 있지 않겠습니까."

'번조선은 가까운가…….'

"오늘 안으로 은허를 떠나셔야 합니다. 내일 이후 은허에서 체포되시면 왕명을 어긴 죄로 목이 달아나게 될 것입니다."

추방

그리하여 나는 상나라 천문대를 쫓기듯 떠나게 됐다. 가진 것이라고는 옷가지를 넣은 바랭이, 아사달에서 가지고 온 천문쾌도, 그리고 물주머니뿐이었다. 이 상태로 혼자 호위 병력도 없이 걸어서 번조선까지 가는 일은 자살이나 다름이 없었다. 그때 주나라 도읍지가 걸어서 닷새 걸린다는 강여상의 말이 생각났다.

'그래, 일단 가까운 주나라로 가보자. 지금 번조선으로 가는 건 어리석은 일이야. 강여상이나, 남궁괄이나, 굉요나 모두 피신했다면 주나라로 갔을 것이야.'

주나라는 상나라의 서쪽에 있었다. 나는 해를 보고 서쪽으로 걸음을 재촉했다.

첫날 해가 저물었다. 다행히 완연한 봄이어서 별로 춥지 않았다. 밤하늘에는 무수히 많은 별들이 은가루를 뿌려놓은 듯 빛나고 있었다. 어딜 가도 별자리 모양은 똑같다. 그래서 천문관들에게 밤경치는 낯설지 않았다. 다행히 달도 밝아 걷는 데 지장이 없었다.

달빛 속에서 민가가 하나 보였다. 가까이 가보니 인기척이 전혀 없었다. 방문을 열어보니 역겨운 냄새가 코를 찔렀다. 옛날 돌림병이 창궐할 때 맡아본 적이 있는 시체 썩는 냄새였다! 어둠 속에서 방 안을 잘 살펴보니 한 가족이 모두 죽어있었다.

'쯧쯧쯧, 모두 굶어 죽었구나. 백성이 이렇게 죽어 나가는 상나라
는 반드시 천벌을 받아야 한다.'

나는 얼른 방문을 닫고 밖으로 나왔다. 목이 말랐지만 물이 떨어
져 참을 수밖에 없었다. 작은 우물을 발견하고서도 물을 마시지 않
았다. 사람이 죽은 곳 근처의 물은 절대로 마시면 안 된다고 들었기
때문이었다. 마구간에 짚이 쌓여있어서 잠을 잘 수 있을 것 같았다.
주린 배를 움켜쥐고 누웠으나 불편하기 짝이 없었다. 다행히 종일
걸은 탓에 금방 잠이 들었다.

다음날 일찍 눈을 뜨니 온몸이 쑤셨다. 하지만 나는 눈을 뜨자
마자 아침 해를 등지고 다시 걷기 시작했다. 어제저녁부터 아무것
도 먹지 못해 발걸음을 옮기는 것조차 힘들었다. 다행히 칡뿌리를
발견하고 캐 먹어 허기를 면했다. 이틀째 저녁 상나라와 주나라의
경계 지점에 이르자 병졸들이 지키고 있는 초소가 보였다. 눈을 가
늘게 뜨고 보니 '주' 글자가 선명한 깃발이 보였다!

'아, 이제 됐다! 주나라 군사들에게 왕자 얘기를 하면 도와주겠
지.'

나는 마지막 있는 힘을 다해 초소를 향해 걸어갔다. 초소 앞에
다가서자 병졸 하나가 소리를 지르며 달려왔다.

"감성관님! 감성관님!"

자세히 보니 점집에서 본 적이 있는 주나라 병졸이었다. 아는 사

람을 만난다는 것이 그렇게 반가운 일이라는 사실을 처음 깨달았다.

"감성관님, 이게 웬일입니까? 어찌해서 그 먼 길을 걸어오셨습니까?"

"좀 도와주시오. 빈학은 지금 왕자님을 뵈어야 하오."

"여부가 있습니까. 일단 초소 안으로 드시지요."

초소 쪽으로 걸어가니 지난번에 만난 장교가 뛰어나왔다.

"아이코, 감성관님! 상나라에서 무슨 일이 있었습니까?"

"일단 무, 물 좀 주시오."

병졸 하나가 물을 한 바가지 떠가지고 왔고 나는 그 물을 단숨에 모두 들이켰다. 장졸들이 나를 불쌍한 눈으로 바라봤다. 초소에는 총 9명의 장졸이 경계를 맡고 있었다. 자리에 앉자마자 나는 장졸들에게 상나라에서 일어난 일들을 모두 얘기했다. 자초지종을 들은 장졸들은 모두 이를 갈며 한마디씩 했다.

"주왕 이놈은 사람도 아니야!"

"당장 죽여도 시원치 않은 놈이야!"

"인자한 우리 전하를 잡아간 원수!"

땅거미가 내려서 나는 초소에서 잘 수밖에 없었다. 날이 밝자마자 장졸 3명과 함께 말을 타고 온종일 달려 주나라 도읍지 풍경에 도착했다. 궁궐 객사에서 일단 목욕하고 옷부터 갈아입으니 강여상이 찾아왔다!

"역술관님, 무사하셨군요!"

"방금 감성관님이 왔다는 말을 들었소."

우리는 두 손을 마주 잡고 반갑게 인사했다.

"역술관님, 핑요는 어찌 됐는지 아시나요? 그리고 남궁괄과 따님은요?"

"이제 역술관이라고 부르지 마시오. 그 이상한 상나라 관직 이름 이제 듣기 싫소이다."

"알았습니다, 역술관님. 아니, 강공."

"핑요는 어제 말을 타고 부인과 함께 여기로 왔소이다. 하지만 우리 애들은 어디로 갔는지 모르겠소. 남궁괄이 딸아이를 데리고 잘 피신했겠지요."

말은 그렇게 했지만 강여상의 얼굴에는 근심이 가득했다. 잠시 후 내가 왔다는 소식을 들은 핑요가 달려왔다.

"아니, 산의생 자네까지 도망 왔는가?"

"나도 추방당했다네."

"주왕이 단단히 미쳤네. 감히 천자국 조선의 감성관을 추방해?"

"자네도 도망 왔는가?"

"아니, 나는 관직을 사퇴하고 서둘러 이리 왔다네. 비간 어르신도 돌아가셨으니 굳이 상나라에 살 이유가 없어졌어."

"그럼 이번에 내가 아사달로 돌아갈 때 같이 가겠나?"

"그건 아닐세. 우리 아버님이 아사달에서 추방당하시지 않았는가. 내가 아사달로 돌아간들 뭘 하겠는가."

"참, 그렇지. 미안하네. 아무런 생각 없이 그저 같이 가고 싶어 한 말일세."

"알아, 사과할 것까지는 없네. 다행히 여기 주나라 세자 전하께서 관직을 주신다고 하셨네."

"그래? 그것 참 잘됐네!"

"일단 강공과 함께 문왕님을 구출하는 일에 최선을 다할 생각이라네."

잠자코 우리 대화를 듣고 있던 강여상이 권했다.

"자, 일단 자리에 앉읍시다."

모두 탁자 주위 의자에 앉자 강여상이 말을 이었다.

"이 노인네는 여기 오래 머물 수 없소이다. 머지않아 상나라 군대가 나를 잡으러 이리 올 것이오. 내가 이리 왔을 것이라고 짐작하는 일은 삼척동자도 할 수 있으니까. 그럼 주나라에 큰 폐를 끼치게 될 것이외다. 그걸 핑계로 상나라가 주나라를 침략할 수도 있다고 봅니다."

"듣고 보니 그렇군요. 그렇지 않아도 상나라가 주나라를 못 잡아먹어 안달인데……. 그럼 어떻게 하실 작정입니까?"

내가 묻자 강여상은 단호하게 말했다.

"갈 때 가더라도 일단 여기서 왕자님들과 함께 문왕님을 구출할 계획을 짤 생각이오.”

“그다음은 어디로 가십니까?”

“마누라와 같이 숨어 살 곳을 이미 봐뒀소이다.”

“그럼 농사를 지을 생각이십니까? 뭘 먹고 사시려고…….”

“많이 받지는 않았지만 복채로 번 돈이 꽤 됩니다. 이 늙은이 걱정은 하지 마세요.”

“강공, 이번 기회에 빈학하고 아사달로 가시면 어떻겠습니까?”

“이 나이에 어디를 간단 말이요? 나는 여기서 상나라가 망하고 주나라가 그 자리를 차지하도록 만들고야 말겠소. 하나라 걸왕을 뺨치는 저 주왕의 목이 잘리는 꼴을 보고 싶다는 말이외다.”

강여상은 단호하게 말했다.

그 날 저녁 두 왕자를 알현하고 강여상, 굉요와 함께 문왕을 어떻게 구출할 것인지 밤늦도록 논의했다. 강여상이 많은 계책을 내놓았다.

“……이게 다 나라가 힘이 없어 그런 것이니 누굴 탓하겠소. 지금 우리 주나라 군대로는 상나라 주왕을 도모할 수가 없습니다. 더 힘을 길러야 합니다.”

희단이 한숨을 푹 쉬며 말하자 희발이 나를 보고 말했다.

“감성관님은 아사달로 돌아가서 단군 천자께 주왕의 폭정을 알리도록 하세요. 일단 번조선까지 가는 길은 우리 주나라가 호위를 책임지겠습니다. 과인이 호위 병력을 붙여드릴 테니 내일이라도 당장 떠나도록 하세요."

나는 왕자들에게 큰절하고 단호하게 말했다.

"세자 전하, 그리고 희단 왕자님, 빈학이 반드시 돌아오겠습니다. 단군 천자님을 설득해서 조선이 상나라를 치도록 만들겠습니다."

강여상이 걱정스러운 듯 말했다.

"일이 그렇게 쉽지는 않을 것이오."

"예에? 무슨 말씀이신지……."

"이 노인네가 죽간들을 읽어보니 하나라 걸왕을 멸할 때 흘달 단군께서 바로 군대를 동원하지 않으셨습니다. 이윤과 우량 같은 사람들이 독촉했어도 하나라를 멸하는 결정을 쉽게 내리지 못하셨던 것이지요. 나중에는 오히려 장군 말량에게 걸왕을 도우라고 명을 내리기도 하셨습니다. 단군께서 갑자기 생각을 바꾸셔서 결국 하나라를 치셨다고 하는데 그 이유는 모르겠소. 기록에 그 부분은 없었습니다."

"당시는 유위자 대선인께서 국태사로 계셨습니다. 아마 그분이 단군의 결정을 도왔을 것입니다."

"나라를 경영하려면 그런 인재가 꼭 있어야 합니다. 그래, 지금은 누가 국태사 자리에 계시오?"

"국태사 자리가 슬그머니 없어졌습니다. 그래서 지금 조선에는 존경받는 어르신이 계시지 않습니다."

"그렇다면⋯⋯, 국태사도 없다면 솔나 단군께서는 더욱 결정을 내리지는 못할 것이오."

"상나라 주왕의 폭거는 이미 하나라 걸왕의 그것을 넘어섰습니다. 주왕은 천자님으로부터, 하늘로부터 버림을 받을 것입니다. 설사 몇 년이 걸리더라도 솔나 천자님을 설득하겠습니다. 그러니 빈학이 돌아올 때까지 왕자님들은 옥체를 잘 보전하시고 강공도 잘 지내시기를 바랍니다. 상나라 주왕을 멸하고 주나라 문왕께서 남토를 호령하시는 날은 반드시 올 것입니다!"

2부

감성관장이 되다

개
천
기
6

헤어지기 싫어하는 희발, 희단 두 왕자와 강여상, 남궁괄 두 사람을 주나라에 남겨둔 채 나는 말고삐를 돌렸다. 점집에서 계속 만났던 5명의 장졸들이 나를 번조선 도읍지 안덕향까지 호위를 했다. 말들의 상태를 봐가며 때로는 달리고 때로는 걷기를 반복했다. 밤낮이 20번 바뀌자 드디어 안덕향 근처에 도달했다…….

번조선으로

"허어, 금석 교령과 나와의 인연도 참 질기구려. 이번에 또 신세를 지게 됐소."

나란히 말을 타고 가며 내가 말하자 금석이 받았다.

"소장은 천문관님, 아니 감성관님을 모시는 게 즐겁습니다. 지난번 국경에서 풍경으로 모실 때에도 우주 얘기를 많이 해주셨지요."

"하하하, 그렇소? 금석 교령은 천문관이 될 걸 그랬소."

"소장은 얼마 전까지만 해도 낮에는 해가 뜨고 밤에는 달이 뜨는 줄로만 알았습니다. 그런데 지난번에 모시고 가면서 달이 모양에 따라 뜨고 지는 시각이 정해진다는 사실을 처음 알았습니다."

"금석 교령도 장군이 되려면 그 정도는 알아야지, 하하하."

"그러니까 내용을 다시 정리하자면……, 일단 초승달은 초저녁 달이라 이거지요? 초승달은 해가 질 때 해 바로 위에 있다가 해가 지면 곧 따라진다. 따라서 초승달이 하늘 높이 떠 있는 때는 없다……."

"그렇소! 특히 눈썹처럼 가는 초승달은 절대로 캄캄한 밤중에 보일 수 없다네."

"그 다음에, 오른쪽이 볼록한 상현달은 해가 질 때 남쪽 하늘 높이 떠 있다가 한밤중, 즉 자정 무렵에 진다 이거지요?"

"그렇지! 그러니까 상현달은 정오에 떠서 자정에 진다, 이렇게 기억하면 좋지. 낮에 반달이 보일 경우 시간이 오후면 상현달일세."

"오전이면요?"

"하현달이고."

"아, 하현달은 자정에 떠서 정오에 지니까요."

"맞았네! 그럼 보름달은?"

"보름달은 해가 질 때 떠서, 즉 해가 서쪽으로 질 때 동쪽에서 떠서……, 한밤중일 때 하늘 높이 떠 있다가……, 아침에 해가 동쪽에서 뜰 때 서쪽으로 집니다. 맞지요?"

"맞았소! 그러니까 보름달은 밤새 내내 하늘에 떠 있다네. 그러니까 야간 매복을 하려면 보름달을 피해야지. 만일 야간 행군을 하려면 보름달 때 해야 밤길이 잘 보이고……. 지휘관을 잘못 만나 달이 없는 밤에 행군하면 반드시 인마가 다치게 되지."

"마지막으로 그믐달은……."

"초승달과 모든 것이 정반대라고 생각하면 되지. 모양도 반대고……."

"즉 그믐달은 새벽달이어서……, 해가 뜰 때 해 바로 위에 있다가 해가 완전히 뜨면 낮이라 사라진다. 따라서 그믐달도 하늘 높이 떠 있는 때는 없다……. 맞지요?"

"이제 다 이해했구먼. 천문은 말로만 외워서는 안 되고, 항상 달을 보고 생각을 해보게. 그러면 나중에는 음력 날짜만 알아도 달이 어디 어떤 모양으로 있는지 금방 알 수 있다네."

"감사합니다, 어르신."

"이따가 밤이 되면 더 많은 걸 가르쳐 줌세."

그동안 운이 좋으면 주막이나 객잔에서 잘 수 있었지만 대부분은 야영할 수밖에 없었다. 그러다 보니 우리 몰골은 말이 아니었다. 안덕향 성문 높이 휘날리는 조선 태극기를 보고 나는 감격의 눈물을 흘렸다.

성문 가까이 이르자 커다란 비석이 보였다.

"허어, '금팔조'가 새겨져 있구나!"

내가 감탄해 외치자 금석이 물었다.

"나리, '금팔조'가 무엇입니까?"

"일명 '팔조 금법'이라고 하지. 색불루 천자가 정한 8가지 법일세."

나는 장졸들을 모두 비석 앞으로 데리고 가서 큰소리로 읽었다.

금팔조

상살이당시상살

상상이곡상

상도자남몰위기가노여위비

훼소도자금고

실례의자복군

불근로자징공

작사음자태형

행사기자훈방

禁八條

相殺以當時償殺
相傷以穀償
相盜者男沒爲其家奴女爲婢
毀蘇塋者禁錮
失禮義者服軍
不勤勞者徵公
作詐淫者笞刑
行詐欺者訓牧

　　내가 읽기를 마치자 성문을 지키던 번조선 장졸들이 몰려왔다.
나는 '팔조 금법'을 하나하나 가리키며 큰소리로 가르쳐줬다.

살인한 자는 즉시 사형에 처한다.

상해를 입힌 자는 곡식으로 보상한다.

도둑질한 자 중에서 남자는 노로 삼고 여자는 비로 삼는다.

소도를 훼손한 자는 금고형에 처한다.

예의를 잃은 자는 군에 복역시킨다.

게으른 자는 부역에 동원시킨다.

음란한 자는 태형으로 다스린다.

남을 속인 자는 훈방한다.

번조선 교령 계급을 어깨에 단 장교가 금석에게 시비조로 말했다.

"아니, 장교 계급장 같은 걸 달고 있네! 너희는 어디에서 온 거지들이냐?"

"우리는 주나라 군대요."

금석이 정중하게 답하자 번조선 장교는 더욱 거만을 떨었다.

"주나라? 그런 나라도 있나, 하하하."

그러자 병졸들도 거들었다.

"화하족 놈들, 나라가 셀 수 없을 만큼 많습니다."

"멍청이들이 다 자기가 왕이랍니다."

"지손들이 하는 일이 그렇지."

듣다못해 내가 나섰다.

"말들이 너무 심하지 않소. 화하족도 모두 천자국 조선의 백성들이오. 배달족만 사람이오? 그리고 주나라 왕족은 모두 배달족이오."

그러자 장교가 나를 쳐다보고 비꼬는 듯한 목소리로 물었다.

"댁은 뉘시오? 큰소리로 비석도 읽으시고……."

"어허, 이분은 아사달에서 오신 수석 감성관님이오!"

마침내 금석이 나서자 장교가 칼을 빼며 외쳤다.

"아니, 이놈들이 어디서 사기를 치려고 해. '금팔조'나 읽으면 다냐? 조선의 감성관이 미쳤다고 이런 거지들하고 어울린단 말이냐? 여봐라! 이놈들을 체포해라!"

"나는 대단군의 명을 받아 상나라에 다녀오는 길이다. 우리 천자국 조선의 장졸들이 이렇게 무도한 줄은 몰랐다. 번조선은 조선이 아니더냐. 당장 임나 부단군님을 뵙고 너희들을 단죄하겠다!"

내 말을 들은 병졸들은 배를 잡고 웃었고 장교가 노기등등해 칼을 흔들며 말했다.

"뭣이라고? 네가 아사달 관리라는 거짓말을 나더러 믿으란 말이냐?"

"이래도 못 믿겠느냐?"

나는 단군패를 꺼내 높이 들고 외쳤다.

"그건 또 뭐냐?"

장교는 당당하게 걸어와 단군패를 들여다봤다.

"너는 글씨도 모르느냐? 이게 단군패니라!"

"단군패?"

단군패는 아사달 고위관리의 징표로서 우리 감성에서는 감성관장인 아버지와 수석감성관인 나만 가질 수 있었다. 잠깐 생각하던 그는 갑자기 납작 엎드리며 외쳤다.

"아이고, 어르신! 저희가 몰라 뵙고 큰 실수를 했습니다. 이번 한 번만 용서해 주십시오."

그러자 모든 병졸도 따라 엎드렸다.

"처음부터 단군패를 보여주시지요."

"용서해 주십시오, 감성관님."

단군패의 위력은 실로 대단한 것이었다.

"자네들이 빈학에게 얘기할 틈이나 줬는가? 우리 일행을 보자마자 시비를 붙지 않았는가 말일세."

내가 꾸짖자 그들은 다시 머리를 조아렸다. 그 광경을 보고 오가는 사람들이 우리 주위에 모여들었다.

"저 사람이 아사달 높은 분이래."

"아니, 저 비렁뱅이 차림을 한 사람이?"

"아까 보여준 게 뭔데 저렇게 병사들이 설설 기는 것이지?"

사람들이 수군대기 시작했다.

"감성관님을 번조선까지 모셔다드리라는 왕명을 완수했으니 저희는 이만 돌아가겠습니다."

금석이 말하자 내가 말렸다.

"아니오, 빈학도 임나 왕을 뵙고 내일 아사달로 떠날 것이오. 여기서 하루 쉰 후 각자 떠납시다. 그 먼 길을 왔는데 하루라도 푹 쉬어야 하지 않겠소. 이보시오, 교령!"

내가 부르자 장교는 벌떡 일어났다.

"이들은 빈학과 같이 수천 리 길을 같이 걸어 온 사람들이오. 당신들도 부대 이동을 해봤으면 지금 이 사람들이 얼마나 힘든지 잘 알 것 아니오. 군인은 군인이 챙겨줘야지 누가 챙겨주겠소. 아까 결례도 심하게 했으니 사과도 하고 이 사람들 하루만 먹이고 재워주시오."

"예, 알았습니다. 본부에 침상이 많이 남아있으니 그리하겠습니다."

"교령 이름이 무엇이오?"

"위수라 하옵니다."

"그럼 위수 교령만 믿겠소. 빈학이 내일 정오에 다시 이리 올 것이오. 잘 부탁하오. 여기에서 있었던 일은 아무에게도 얘기하지 않겠소이다."

"감사합니다, 감성관님!"

"금석 교령, 그럼 내일 오시에 여기서 만납시다."

"예, 어르신."

나는 번조선 궁궐로 향했다.

임나 부단군

궁궐 객사에서 목욕하고 옷을 갈아입은 나는 임나 왕을 알현했다.

"허어, 수석감성관이면 부친이 감성관장인가?"

"그러하옵니다."

"그러면 세습되는 자리니 곧 감성관장이 되겠구먼."

"……"

"잘 부탁하오. 우리 번조선에도 옛날 소련 선인이 만든 천문대가 있소. 하지만 훌륭한 천문관이 없소이다. 달력이고 뭐고 모두 아사달 것을 가져다 쓰니 천문대의 역할도 미미하오. 기왕 온 김에 우리 천문대에 들러주시오."

배석했던 천문장 금경후가 대신 답했다.

"그렇지 않아도 모시고 가서 가르침을 받을 참이었습니다."

"전하, 저것이 무엇입니까?"

부단군은 미소를 짓더니 말했다.

"한 번 큰소리로 읽어보시오. 그러면 뭔가 느껴질 것이외다."

나는 큰소리로 읽어봤다.

정성을노천단축위고
삼신주기축수위세

古世爲築壇天妏乙誐精
世爲壽祝其主神三
萬萬歲於未爲壽祝乙運皇
魯多
乙年豊御美保羅瞻乙氏萬
多度爲越居此

황운을축수위미어만만세로다
만민을도라보미어풍년을질거월위도다

"앗, 이상합니다! 분명히 환자로 적혀있는데 가림토 문자처럼 말로 읽어집니다!"
"이게 최근에 백성들 사이에서 유행하는 향가라는 것이오."
"향가요?"
부단군은 다음과 같이 내용을 풀어줬다.

정성으로 천단을 쌓고

삼신님께 장수를 축원하세.

황운을 축수함이여! 만만세로다.

만민을 돌아봄이여! 풍년을 즐거워하도다.

"수년 전에 단군 천자께서 과인에게 개천축제 때 여기 안덕향에
다 천단을 쌓고 삼신께 제사를 지내라 명하셨소. 그때 백성들이 구
름처럼 모여 이 노래를 불렀지요. 마침 그해 풍년까지 들어 백성들
은 흥겹게 북을 치고 춤을 췄소."

"전하께서도 즐거우셨겠습니다."

"백성들은 개천축제 때 제일 즐겁지요. 그런데 남토의 사정은 어
떤가요? 과인이 듣기로 상나라 왕……, 누구더라……?"

"주왕입니다."

"맞아, 주왕 그놈이 아주 폭군이라고 들었소만……."

"폭정이 말도 못 합니다. 주지육림으로 악명 높던 하나라 걸왕과
똑같은 짓을 하고 있습니다."

"그 정도인가?"

임나 왕은 대경실색했다.

"빈학 소견으로는 우리 조선이 상나라를 멸할 때가 왔다고 봅니
다. 아사달에 가는 대로 솔나 천자님께 보고를 드릴 생각입니다."

"좀 더 자세히 얘기해보게. 주왕이 얼마나 나쁜 놈인지……."

나는 그동안 내가 보고들은 일을 소상히 아뢰었다. 특히 충신 비간 얘기를 들은 임나 왕은 격분해 외쳤다.

"과인은 그놈을 살려두지 않을 것이오!"

"전하의 은혜가 하늘과 같습니다."

"사실 상나라 22세 무정이 우리 조선에게 몹쓸 짓을 한 바 있소. 그놈이 전쟁을 일으키려고 그랬지. 고등이 소태 단군의 지원을 받아 그놈을 박살내 버릇을 고쳐줬소."

"고등이 색불루 단군의 할아버지였지요?"

"오, 산의생 감성관이 역사도 잘 아는구먼. 그렇지요. 색불루 단군은 고등의 손자요. 고등이 누군가 하니……, 원래 개사원 욕살이었지. 귀방을 점령하고 자기 스스로 우현왕이라고 불렀지."

"그런데 어떻게 색불루 단군이 되셨지요?"

"당시 소태 단군께서는 우현왕을 몹시 못마땅하게 여겼다고 하오. 그러자 단기 1045년 우현왕 자리를 계승한 색불루가 아예 아사달로 쳐들어왔소. 그때 워낙 강성했던 색불루를 막을 수 있는 사람은 아무도 없었지. 오가의 무리들이 모두 색불루 앞에 무릎을 꿇을 수밖에 없었던 것이오."

"아, 그런 일이 있었습니까. 그렇다면……, 색불루 단군은 정통 오가 출신이 아니었군요."

"그렇소. 뭐, 좋은 얘기도 아니고……, 천자국 조선 체면도 있고……, 이런저런 이유로 사람들이 그 얘기는 잘 하지 않는다오. 그러고 보니 이 늙은이가 주책없이 조선 관성감 앞에서 오랜만에 그 얘기를 꺼냈구면."

"그래서 색불루 단군께서 아사달을 백악산으로 옮기셨군요."

임나 부단군은 사람을 붙들어놓고 얘기하기를 즐겼다. 매일 자기 신하들하고 얘기하다가 조선에서 새로운 사람이 와 더욱 신난 듯했다. 내가 사이사이 맞장구치자 끊임없이 말을 이어갔다.

"그렇소. 원래 소밀랑 아사달이 전쟁 흔적으로 불탄 흔적이 곳곳에 있고 민심이 흉흉하니 아예 천도를 결정한 것이지. 새로운 출발을 하고 싶었던 색불루 단군다운 결정이었소. 그래서 조선의 1왕조, 소밀랑 아사달 시대 1048년이 문을 닫고 2왕조, 백악산 아사달 시대가 열리게 된 것이지."

잠자코 듣고만 있던 금경후가 끼어들었다.

"그래도 색불루 단군이 정치는 잘하시지 않았습니까?"

"암, 그렇지. 단기 1049년 재위 원년에 삼한을 삼조선으로 개편하시고 당시 버릇없게 굴던 상나라까지 손을 보셨지 않은가. 그래서 회수와 태산 지역에 우리 배달족들을 이주시켜 노쇠해가던 조선에 다시 힘을 불어넣으셨지. 어찌 보면 색불루 단군의 등장이 우리 조선에 다시 생기를 불어넣었다고 해도 과언이 아닐세."

"빈학은 성문 앞에 세워진 '금팔조' 비석을 보고 감탄했습니다. 아사달과 똑같은 크기로 만들어놓으신 것을 보고 전하의 깊은 도량에 탄복했습니다."

내 말을 듣고 부단군은 손을 저으며 말했다.

"아, 그건 과인이 아니라 과인 아바마마이신 솔귀 부단군께서 세운 것이오. 바로 그 '금팔조'도 색불루 단군이 만드시지 않으셨소. 그뿐이오? 색불루 단군은 상나라를 견제하기 위해 제후국 여나라도 세우셨지."

"아, 여나라도 색불루 단군께서 세우셨습니까?"

"그렇소. 장군 여…… 뭐더라? 나이를 먹으니 자꾸 이름들을 잊어버리네. 아, 여파발이구나! 장군 여파발을 보내서 빈과 기를 정벌하고 여나라 왕이 되게 한 것이오……."

부단군은 목이 말랐는지 물을 마시고 얘기를 이어갔다.

"……상나라는 대대로 문제가 많았소. 색불루 단군 아드님이신 아홀 단군께서는 한술 더 뜨셨지. 남국 왕 금달이 청구국, 구려국, 몽고리 군대와 합세해 상나라 회수와 태산을 정벌한 적이 있소. 아홀 단군께서는 이를 정당화시키기 위해 포고를 엄에, 영고를 서에, 그리고 누구더라……, 아, 방고를 회에 봉하셨지. 이제 상나라도 망할 때가 된 것이오. 그러니까 주왕 같은 놈이 왕위에 올랐지."

그날 나는 밤늦게까지 아사달에서도 들어보지 못한 얘기들을 임나 부단군으로부터 들으며 즐겁게 지냈다.

번조선 천문대

이튿날 번조선 천문대 천문관들에게 황도 개념을 가르치게 됐다.

"황도를 이해하는 것이 천문관이 되는데 가장 통과하기 힘든 관문입니다. 이 그림은 우리 감성에 수백 년 전해진 천문교재입니다. 하늘에서 해가 다니는 길, 황도를 설명하는 그림입니다."

나는 그림을 펼쳐 보였다.

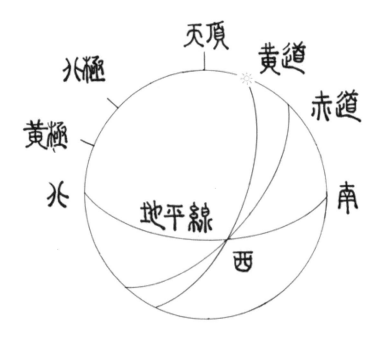

"이 그림은 하짓날 정오 상황입니다. 마침 곧 하지가 되네요. 정오니까 해가 남쪽 하늘 높이 떠 있지요? 하짓날 해의 위치를 하지점이라고 합니다. 하짓날 종일 해는 하지점에 있는 것입니다. 즉 하짓날 해가 뜨고 지면 하지점도 같이 뜨고 지는 것입니다. 아셨습니까?"

"그러니까 하지점은 어떤 별의 위치처럼 하늘의 한 점을 말하는 것입니까?"

얼굴에 점이 박힌 천문관이 물었다.

"그렇습니다. 만일 하지점 주위에 밝은 별이 있으면 틀림없이 '하지성'이라고 불렀을 것입니다. 그런데 이 그림에서 하늘이 돌아갈 때는 북극을 중심으로 돌아갑니다. 즉 해, 달, 별 모든 천체는 천구의 적도에 평행하게 돌게 됩니다. 이 사실을 꼭 기억해야 합니다."

"황도란 하늘에서 해가 지나가는 길 아닙니까?"

"그렇습니다."

"그러면 그림에서 하늘이 돌아가면 해는 황도를 따라서 '서' 글자가 있는 곳으로 진다는 말이지요?"

"아니지요, 그럼 적도에 평행하게 이동한 것이 아니지 않습니까?"

"그럼 해가 어느 쪽으로 가야 하나요?"

"해는 그림에서 '지평선'의 '평' 글자가 있는 곳으로 져야 합니다. 지난번에 보여드린 그림 다시 볼까요?"

나는 상나라 천문관들에게 보여줬던 해의 궤적 그림을 옆에 펼쳤다.

"보세요. 하짓날 해는 '서' 글자가 있는 곳으로 가지 않고 더 북쪽으로 집니다. 하지 때는 해가 정동 방향보다 북쪽에서 떠서 정서 방향보다 북쪽으로 집니다. 그래서 낮이 밤보다 길고 해도 정오에 남쪽 하늘 높이 뜨는 것이지요. 이제 이해하셨지요?"

머리가 반쯤 벗겨진 천문관이 물었다.

"그런데 왜 황도를 해가 지나가는 길이라고 불러서 사람 헷갈리게 만드는 것입니까?"

"아, 그 말은 해가 1년 동안 황도를 따라 한 바퀴 돈다는 뜻입니다. 하루나 며칠 정도로는 해가 황도에서 조금밖에 움직이지 않습니다. 해는 빠른 운동과 느린 운동을 동시에 합니다. 하늘이 돌아서 해가 빨리 뜨고 지는 동안 동시에 황도 위를 느리게 이동한단 말입니다."

두 천문관은 고개를 끄덕였다.

"해는 느리게, 정확히는 각도로 약 1도씩 황도 위에서 매일 동쪽으로 이동합니다. 즉 매일 해가 뜨고 지는 가운데 황도 위에서 1도씩 이동한다는 말입니다. 그 느린 운동이 석 달 동안 축적되면 90도나 이동하게 만들지요. 그래서 하지점에 있던 해는 석 달 뒤, 즉 계절이 바뀌면 추분점으로 오게 됩니다. 아시겠습니까?"

천문관 점박이가 끼어들었다.

"알았다! 그러니까 하지가 지나면 해가 매일 동쪽에서 떠서 서쪽으로 지는 와중에 황도를 따라 슬금슬금 이동해서 적도에 가까이 내려온다는 말이군요! 그리고 해가 90번을 뜨고 져서 90일, 즉 석달이 지나면 해가 적도에 도착해 추분이 되고요!"

"이제 이해하셨습니다! 하지가 지나면 해가 매일 조금씩 적도에 접근하지만 뜨고 지는 궤적은 적도에 평행하기 때문에 이 그림이 된다는 말이지요. 추분점은 바로 적도 위에 있으니까 추분 날 해는 적도를 따라 뜨고 지게 되는 것이지요. 그리고 낮과 밤의 길이가 같게 됩니다."

"그러면 그림에서 하지점이 해가 있는 곳이라면 춘분점은 '서' 글자가 있는 곳이겠네요."

"그렇습니다. 하짓날 정오 춘분점은 정서 방향에 있습니다. 하지만 춘분날 정오에는 남중하게 되지요. 사람들은 막연하게 여름, 하지 때는 해가 높이 뜨고 겨울, 동지 때는 해가 낮게 뜬다고만 알고 있습니다. 하지만 여러분들은 천문관이시니까 각도로 몇 도인지 아셔야 합니다."

두 천문관은 고개를 끄덕이며 동의했다.

"여기 번조선에서는 하지 정오 해의 고도가 90도 − 39도 + 24도 = 75도가 돼야 합니다. 즉 정남 방향에서 해의 높이를 각도로 재어 올라가면 75도가 된다는 뜻입니다. 이번 하짓날 정오 해의 고도를 같이 재어봅시다. 정확히 75도가 될 것입니다."

점박이가 물었다.

"그 말은 그림에서 일단 천정에서 북극의 고도만큼 내려왔다가, 즉 적도까지 왔다가 다시 24도를 더한다는 뜻 아닙니까?"

"그렇지요! 그러니까 여기 번조선에서는 천구의 적도 제일 높은 곳 고도가 51도라는 뜻이지요."

"그렇다면 24도는 그림에서 해와 적도 사이의 거리네요. 그래야 그림에서 해의 남중고도가 51 + 24 = 75도가 되는데요."

"맞습니다! 하지점과 적도 사이의 거리가 24도지요."

반대머리 천문관이 물었다.

"그런데 왜 24도입니까?"

"그건 아무도 모릅니다. 그 비밀을 알아내는 것이 조선 감성이 할 일 중 하나입니다. 여러분들도 열심히 연구해보세요."

그날 오후 나는 다른 그림을 꺼내 황도를 다시 설명했다.

"오전에 하짓날 정오 그림을 보여드렸지요. 동짓날 정오 그림으로 한 번 더 설명을 하겠습니다. 이 그림 또한 우리 감성에 수백 년 전해진 것입니다."

점박이가 나섰다.

"이 그림을 보면 우리 상나라에서는 동지 정오 해의 고도가 90도 − 39도 − 24도 = 27도가 돼야 하네요!"

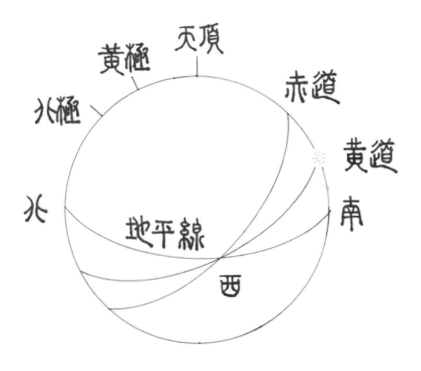

"맞습니다. 저녁이 되면 그림의 해가 어디로 지지요?"

"해는 적도와 평행하게 이동해서 '서' 글자와 '남' 글자 사이 어딘 가로 져야 합니다."

"훌륭합니다. 그래서 동지 때는 해가 정동 방향보다 남쪽에서 떠서 정서 방향보다 남쪽으로 집니다. 그래서 낮이 밤보다 짧고 해도 정오에 남쪽 하늘 낮게 뜨는 것이지요. 이제 다 이해하셨습니다."

반대머리가 물었다.

"그런데 황극의 위치가 이전 그림과 다르네요."

"당연하지요. 하늘이 돌아가면 북극과 적도만 빼고 나머지는 다 돌아야 하니까요. 그럼 이번에는 다른 그림을 볼까요⋯⋯."

나는 새 그림을 꺼냈다.

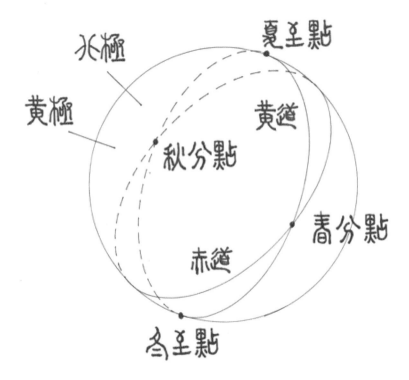

"천구의 적도와 황도를 그린 그림입니다. 적도는 빨간색, 황도는 노란색으로 그려져 있지요. 적도와 황도가 교차하는 각의 크기가 바로 24도인 것입니다. 완전히 이해하셨지요?"

점박이가 물었다.

"저기서 춘분점은 춘분날 해가 있는 곳입니까?"

"당연히 그렇지요."

"그럼 춘분점은 가을철 별자리에 있겠네요."

"좋습니다! 춘분점은 춘분날 자정에는 땅 밑에 있고 반대편 추분점이 남중하고 있습니다."

반대머리가 물었다.

"춘분점이 왜 춘분날 자정에는 땅 밑에 있지요?"

"해가 졌으니까요."

"아, 그렇구나!"

반대머리는 머리를 '탁' 치며 말했다.

"다시 설명합니다. 춘분날 자정에는 추분점이 남쪽 하늘 높이 올라옵니다. 그러니까 추분점 주위 별자리들은 봄철 별자리입니다."

"왜 봄철 별자리지요?"

"춘분날 밤에 보이는 별자리가 봄철 별자리 아니겠습니까?."

반대머리는 다시 머리를 '탁' 치며 말했다.

"아, 이제 알았습니다! 그럼 하지점은 겨울철 별자리 복판에 있겠네요."

"그렇지요. 하지점 주위의 별자리들은 겨울철 별자리들입니다. 그러니까 여름철에는 겨울철 별자리들을 볼 수 없지요. 왜냐하면 여름철에는 하지점이 낮에 뜨니까요."

잠시 침묵이 흘렀다.

"그럼 지금부터 별자리들을 공부하시겠습니다. 여기 혹시 28수 자료가 있습니까?"

천문장 금경후가 28수 이름이 적힌 비단을 가지고 왔다.

다음날 오전 금석이 천문대로 나를 찾아왔다.

"아니, 오늘 오시에 만나기로 약속하지 않았는가?"

"거기까지 헛걸음하실까 봐 소장이 왔습니다."

"그게 무슨 말인고? 그래, 번조선 장졸들이 잘해주던가?"

"예, 밤에는 술도 같이 마셨습니다."

"술을 같이 먹어?"

"여기 번조선 장졸들은 실전 경험이 없어서 우리 얘기를 무척 재미있게 들었습니다. 거기다가 상나라 주왕 얘기는 더 좋아하고요. 그런 나쁜 놈이 있느냐 욕하면서 계속 물었습니다."

"그거 잘됐네. 빈학은 혹시 푸대접이라도 받았을까 걱정했는데……."

"저, 어르신."

"무엇인가?"

"여기 더 쉬었다 가도 되겠습니까? 경비대장이 하루만 더 놀다 가랍니다."

"역시 군인들끼리 말이 잘 통하는구먼, 하하하. 원하면 얼마든지 쉬다 가게. 그게 뭐 빈학에게 허락 맡을 일인가."

"감사합니다, 감성관님."

"사실은 빈학도 여기 천문대에 하루 더 머물기로 했네. 그럼 이별 인사는 여기서 하세. 그럼 며칠 더 쉬고 알아서 주나라로 돌아가게. 빈학이 반드시 주나라로 다시 돌아가겠노라 세자 전하와 희단 왕자 님께 전하게."

솔나 단군

아사달로 돌아와 제일 먼저 감성관장인 아버지에게 보고를 했다. 며칠 후 오후 늦게 아버지가 감성관장 방으로 불러 말씀하셨다.

"솔나 천자님을 뵈러 가자. 입궁할 준비를 하거라."

"예에? 무슨 일로요?"

"이 아비가 벌써 감성관장을 20년 넘게 하지 않았느냐. 이제 내 나이도 마흔다섯, 인제 그만둘 때가 됐구나."

"아버님, 그런 말씀 마옵소서. 소자 이제 25살이옵니다."

"이제 노안이 돼 별이 보이지 않는다. 그래서 이 아비가 감성관장을 사직하고자 한다. 다행히 네가 꾸준히 공부해 아비보다 나으니 감성관장 자리를 너에게 물려주는 일을 천자께서도 허락하실 거다."

"아버님, 그게 무슨 말씀이십니까! 저는 아직 공부할 것이 너무도 많습니다……."

나는 너무도 당황했다.

"네가 상나라에서 돌아오기만을 기다렸다. 어서 준비해라."

아버지는 서둘러 자리에서 일어나셨다. 아사달 궁궐에도 팔괘 태극기가 높이 걸려 있었고 성문 앞에는 '금팔조' 비석이 세워져 있었다. 하지만 둘 다 번조선 것보다 두 배는 컸다. 감성관장이 되기 위해 들어가던 그 날 내 눈에는 태극기와 비석이 더 크게 보였다.

솔나 단군은 풍백·우사·운사가 배석한 가운데 나를 새 감성관장으로 임명하고 말씀하셨다.

"물러나는 감성관장과 새 감성관장 함께 모두 오늘 저녁이나 같이합시다. 가만있자……, 아직 시간이 있구나. 잘됐네! 짐이 두 감성관장에게 물어볼 것이 있노라. 삼백은 일단 물러갔다가 만찬 자리로 오세요."

풍백·우사·운사가 자리를 뜨자 단군은 시녀에게 말했다.

"제사장을 들라 이르라."

그리고 우리 부자를 내실로 데리고 가셨다. 내실 한가운데는 바둑판이 있었고 주위에 방석이 놓여있었다. 먼저 상석에 앉은 단군이 말씀하셨다.

"둘 다 앉게."

바둑판은 너무 낡아 그어진 줄도 잘 보이지 않았다.

"이게 그 귀하고도 귀한 자부 대선인의 바둑판이오."

아버지는 깜짝 놀라 말씀하셨다.

"그러하옵니까? 빈학이 천자님들을 20년 넘게 모셨으나 이 바둑판은 처음 봅니다."

'아버지와 바둑을 두려고 하시나?'

나는 왜 단군이 바둑판이 있는 곳으로 우리를 오라고 했는지 의아했다. 단군은 그 바둑판의 유래에 대해 자세히 말씀하셨다.

마침내 제사장이 오셨다. 제사장은 상제님을 모시는 신교의 최고 우두머리였다. 천제는 단군이 직접 주재하지만 나머지 제사들은 모두 제사장이 주재했다.

'감성관장이 되니 높은 분들을 모두 만나는구나.'

너무도 달라진 생활에 나는 정신이 없었다.

"짐이 못내 궁금한 것이 있어 이리 오라 했소."

제사장까지 자리에 앉자 단군이 바둑판에 돌을 올려 태호복희왕의 하도를 만드셨다.

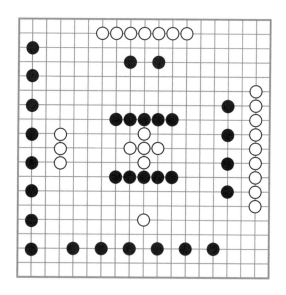

"짐도 틈틈이 공부해 하도의 이치를 조금은 아오. 그런데 지난번에 제사장이 이 하도를 가지고 '개벽'에 대해 말하지 않으셨소? 그때 짐이 중간에 나가야 해서 얘기를 마저 듣지 못했다오. 그래서 마침 새 감성관장도 임명했으니 좀 배우려고 제사장을 불렀다오."

"하도에서 오행 '목화토금수' 위치는 천자님은 물론 감성관장님들도 모두 아실 것으로 압니다. 전설에 따르면 흘달 단군 천자 시절에 유위자 대선인이 바로 이 바둑판으로 개벽을 설명했다고 전해지옵니다. 유위자 대선인은 이렇게 도는 목 → 화 → 금 → 수 순환이 자연스럽지 못함을 가지고 매우 고민을 하셨다고 합니다. 즉 목 → 화, 금 → 수 → 목은 상생의 방향이므로 문제가 없지만 화 → 금은 상극이어서 진행이 되지 않는다는 사실을 깨달으셨사옵니다. 유위자 대선인은 중앙에 있는 토가 개입해야 한다는 사실을 깨달으셨습니다. 즉 화 → 금을 위해서는 화 → 토 → 금처럼 토를 통해서 순환을 이어간다는 것입니다."

제사장은 바둑판 하도에서 손으로 순환 방향을 가리키며 설명했다.

"가장 심오한 우주의 비밀은 중앙의 토에 있사옵니다. 토는 대기하고 있다가 흐름이 막힐 때 개입하는 것이옵니다."

"짐이 묻고 싶은 것은 때라는 것이 언제냐 하는 것이요."

"유위자 대선인은 이 우주에 존재하는 것은 모두 순환한다고 믿었사옵니다. 따라서 우주 자체도 순환한다고 해서 이상할 필요가

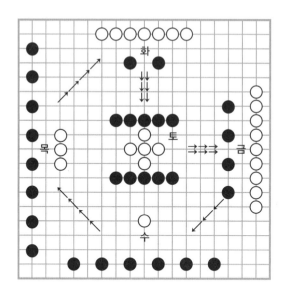

없다고 생각했사옵니다."

"우주가 순환한다?"

"한마디로, 우리 지구에 1년이 있는데 우주에 1년이 왜 없겠느냐 그런 말이옵니다. 저희 신교 도생들은 이 우주에도 분명히 봄, 여름, 가을, 겨울이 있을 것이라 믿고 있사옵니다. 다만 우주의 1년이 얼마나 긴지 모를 뿐이옵니다."

내가 태어나 처음으로 듣는 얘기였다. 묵묵히 듣고만 있던 아버지가 물었다.

"제사장님, 그렇다면 지금은 우주의 어느 계절에 해당합니까?"

"짧은 인생을 사는 우리로서는 알 길이 없소이다. 그런데 환국이 있었던 천산도 옛날에 따뜻했다고 하지 않았소? 저희 도생들은 그 때가 여름이 아니었나 생각합니다."

"그렇다면……."

"지금은 우주의 여름 끝자락일지도 모른다고 봅니다. 우주의 한 계절이 수천 년이라면 말이오."

"예를 들어 우주의 한 계절이 만 년이면 우주의 1년은 4만 년이 되는 것입니까?"

"그렇다고 봐야 합니다, 감성관장님. 저희 도생들은 그렇게 긴 시간을 두고 우주는 순환하는 것이라 믿습니다. 하도에서 화는 여름이고 금은 가을이니까 토의 개입이 일어나는 시기는……."

듣고만 있던 단군께서 외치듯 말씀하셨다.

"우주의 여름에서 가을로 넘어갈 때 '토의 개입'이 일어나는 거로구나!"

"그렇사옵니다, 천자 폐하! 저희 도생들은 여름에서 가을로 넘어가는 때를 '하추교역기'라고 합니다."

제사장은 옆에 놓여있던 필기도구를 당겨 다섯 글자를 적고 말했다.

夏秋交易期

"유위자 대선인의 가르침을 받고 벌써 5백 년 가까이 '토의 개입'을 기다리고 있사옵니다."

다시 아버지가 제사장에게 말씀하셨다.

"지구의 한 계절은 3달입니다. 그러니까 환절기는 보름 정도 되지요. 만일 우주의 한 계절이 만 년이라면 환절기는 최소한 2천 년은 될 것이오. 그러니까 하추교역기도 최소한 2천 년이 돼야 합니다."

제사장은 약간 당황한 듯했다.

"그 점을 미처 생각하지 못했습니다. 생각보다 '토의 개입'은 훨씬 오래 기다려야 할 수도 있겠군요."

"그러면 '토의 개입'이란 구체적으로 무엇입니까?"

"유위자 대선인은 그것을 '개벽'이라고 불렀습니다."

"개벽이요?"

제사장은 두 글자를 적고 말했다.

開闢

"개벽도 천지개벽이 일어날 것입니다. 놀랍지 않습니까? 태호복희는 개벽이 일어날 것을 이미 하도를 통해 예언한 것입니다."

"과연 복희왕께서 이 모든 것을 알고 하도를 그렸을까요? 빈학은 그렇지는 않을 것 같습니다. 복희는 단지 우주의 진리를 하도로 표시했을 것입니다. 그런데 진리 속에 다른 진리가 들어 있던 것이지요……."

아버지와 제사장은 단군 폐하 앞이었지만 끊임없이 개벽을 주제로 토론했다.

마침내 단군께서 흥미로운 표정을 지으신 채 나에게 물으셨다.

"새 감성관장은 이를 어찌 생각하는가?"

"빈학도 이해는 하겠습니다만……, 구체적으로 토의 개입이라는 것이 뭘 말하는지……."

그러자 제사장이 나를 바라보며 물으셨다.

"새 감성관장, 하도의 숫자 10이 무엇이라고 생각하오?"

"글쎄요. 하늘이 9천이거늘……. 9를 넘어선다면……."

"토의 개입을 의인화하면, 하늘을 넘어서는 분이, 하늘을 다스리는 분이, 즉 우주의 주재자인 하느님, 상제님이 직접 이 땅에 내려오신다는 뜻입니다."

단군이 제사장에게 물으셨다.

"그러면……, 우주의 여름이 가을로 변할 때 상제님이 내려오신다는 말이오? 그럼 상제님이 사람으로 태어난다는 말인가요?"

"그렇게밖에 달리 해석이 되지 않사옵니다. 유위자 대선인께서는 신교의 경전을 개벽이라는 개념으로 완전히 바꿔놓으셨습니다. 그때부터 저희 도생들은 상제님의 탄강과 개벽을 기다려오고 있사옵니다. 저희들은 앞으로 천 년이라도 기다릴 각오가 돼 있나이다⋯⋯."

"만일 우주의 한 계절이 짧다면 짐이 살아있을 때 오실 수도 있고?"

"그러하옵니다. 당장 내일이라도 오실지 모르옵니다."

"그럼, 만일 오신다면 여기 중원으로 오시나? 아사달로 오시느냐 말일세."

"물론입니다. 상제님이 아들인 천자를 보러 오시는 게 당연하지 않겠습니까. 상제님은 반드시 우리 배달의 나라로 오실 것이옵니다."

"그럼 올해 개천축제 천제 때 하느님께서 강림하시라고 빌어야겠소, 하하하."

'우주의 한 계절은 만 년도 넘을 것 같은데⋯⋯. 아마 수천 년 기다려야 개벽이 올 거야. 그때가 언제든 상제님을 맞이할 우리 후손들은 정말 행복하겠구나. 나도 윤회해서 그때 태어났으면 정말 원이 없겠다.'

감성관장의 책무

마차를 타고 아버지와 함께 감성으로 갔다. 감성 정면에는 천부
경 81글자가 적힌 검은 비석이 있었다. 거기에 새겨진 것은 배달국
2대 거불리 천황 시절 풍백 해달이 직접 쓴 갑골문자 천부경이었
다. 늘 보던 것이었지만 그날따라 다르게 보였다.

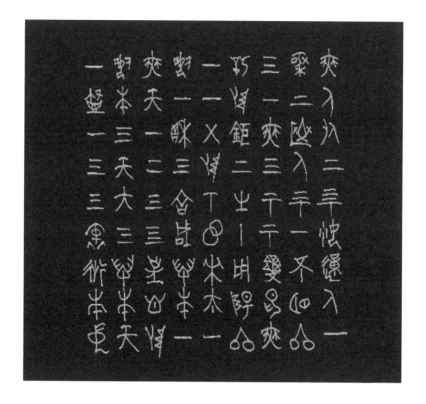

마차에서 내린 아버지는 그 비석을 손으로 쓰다듬으며 말씀하셨다.

"이제 이 비석도 네가 책임져야 한다. 항상 깨끗이 닦아서 천자국 감성의 위엄을 유지해야 하느니라."

"예, 아버님!"

마차를 보고 감성관들이 우루루 밖으로 나와 우리를 맞이했다.

"산의생 감성관장님의 취임을 경하드리옵니다!"

"진심으로 축하드리옵니다!"

감성관들은 아버지의 눈치를 보며 나에게 낮은 목소리로 한마디씩 축하 인사를 건넸다.

잠시 후 아버지가 마지막으로 주재하는 감성관 회의가 시작됐다. 감성관들이 모두 회의실에 모였다. 아버지는 격한 목소리로 입을 여셨다.

"빈학은 많이 부족한 사람이지만 단은을 입어 지난 20년여 년 동안 조선의 감성관장으로서 너무 행복하게 일했습니다."

회의실은 숙연해졌다. 어떤 감성관의 눈에는 벌써 눈물이 글썽였다.

"여러분이 부족한 내 자식 산의생과 함께 꼭 해야 할 일들을 정리하겠소. 첫째, 배달국 초기부터 이어 내려온 칠회제신력을 더욱 경건하게 지내야 하오. 우리 천문대는 1일에는 천신, 2일에는 월신,

3일에는 수신, 4일에는 화신, 5일에는 목신, 6일에는 금신, 7일에는 토신에게 제사를 지내고 있소이다. 최근 이 제사를 대강 지내는 경향이 있소. 원칙대로 더 잘 지내길 바라오."

"예에! 천백님."

모두 일제히 우렁차게 대답했다. 아버지는 물을 한 잔 들이켜시고 말을 이으셨다.

"둘째, 우리는 그동안 하늘에서 달이 지나가는 길, 즉 백도가 해가 지나가는 길, 즉 황도와 각도로 5도 정도 벌어져 있다는 사실을 알아냈소. 황도와 백도는 두 점에서 만나는데 낮에 해와 달이 그 두 점에서 겹치게 되면 일식이 일어난다는 사실도 알아냈소. 하지만 일식 날짜만 추측할 수 있을 뿐이외다. 새 천백이 천문관 시절 자부대선인의 '천동우주'를 기반으로 월식 날짜를 맞춘 적이 있소. 그러면 '천동우주'가 정확한 것인지 아니면 우연히 월식을 맞춘 것인지 아직 확실하지 않습니다. 이것도 분명히 해야 할 것이오."

"예에! 천백님."

아버지는 카랑카랑한 목소리로 힘주어 말씀하셨다.

"우주의 원리를 더 공부해야 하오. 그래서 백성들에게 가르쳐 줘야 합니다. 왜냐하면 우주의 원리를 알아야 사람이 사람답게 살 수 있기 때문입니다. 백성들이 사람답게 살 때 우리 배달국도 광명을 맞이할 수 있는 것이오. 하늘의 광명과 땅의 광명은 물론이요 사람의 광명까지 실현할 수 있을 때 배달국은 진정한 천손의 나라가 될 것입니다. 다시 한 번 강조합니다만 천문대의 가장 막중한 소임은 백성들에게 우주의 원리를 알리는 것이오. 이 점 절대로 잊지 마시기를 바랍니다, 알겠습니까?"

"예에! 천백님."

다음날 나는 처음으로 감성관 회의를 주재했다. 늘 계시던 아버지가 안 계시니 이상했다.

"……우리 천문관들은 개천 이래 수백 년 동안 해와 달을 관측해 왔습니다. 그동안 우리는 아사달에서 하지 정오에는 해의 높이가 각도로 90도 − 44도 + 24도 = 70도가 되고, 동지 정오에는 해의 높이가 90도 − 44도 − 24도 = 22도가 되며, 춘추분 정오에는 그냥 90도 − 44도 = 46도라는 걸 알고 있었습니다. 여기서 42도는 우리 신시에서 잰 북극의 고도입니다. 그런데 여기서 24도는 태곳적부터 지금까지 도대체 왜 이 값이 나왔는지 아무도 모릅니다. 혹시 감성관 중에 이에 관해 연구한 분 계십니까?"

아무도 대답이 없었다.

"빈학은 24의 의미를 알아내는 일과 28수를 통일하는 일이 우리 감성의 가장 시급한 과제라 생각합니다. 빈학이 여기저기 다녀보니 28수가 조금씩 다르다는 사실을 깨달았습니다."

나는 준비한 천문괘도를 걸고 설명했다.

"현재 우리 감성에서 쓰는 28수는 동방칠수 각항저방심미기, 북방칠수 두어여허위실벽, 서방칠수 구루위묘필자삼, 남방칠수 정귀

유성장익진, 이렇습니다. 최소한 번조선과 막조선은 모두 이것으로 통일해야 합니다."

나는 괘도를 넘겨 준비된 그림을 보여줬다.

二十八宿
角亢氐房心尾箕
斗牛女虚危室壁
奎婁胃昴畢觜參
井鬼柳星張翼軫

"우리 감성 기록 중에 오성이 모였다는 기록이 몇 개 있는데 이 것이 그중 하나입니다. 여기 보면 '무진오십년오성취루'라고 씌어있 는데 '무진오십년'은 흘달 단군 50년을 말하고 '오성'은 물론 수성· 금성·화성·목성·토성을 말합니다. 또한 '취'는 모인다는 뜻이고 '루'가 바로 28수의 하나입니다. 즉 이 문장은 '흘달 50년 오성이 루 주위에 모였다' 같이 해석됩니다."

虎辰五十年五星聚婁

"기록을 보면 홀달 50년 6월 저녁 서쪽 하늘에는, 왼쪽에서부터 오른쪽으로, 화성·수성·토성·목성·금성 순서로 오성이 늘어섰음을 알 수 있습니다. 특히 그림이 그려진 날에는 달과 해 사이에 오성이 '주옥처럼' 늘어섰음을 알 수 있습니다. 당시 기록을 보면 여기 '루'도 지금 28수의 '루'가 아닙니다. 이제 앞으로 28수가 바뀌어서

는 절대로 안 됩니다. 별자리 이름이 시대마다 달라진다면 기록이
무슨 의미가 있겠습니까……?"

며칠 뒤 나는 솔나 단군을 따로 뵙게 됐다.

"새로 감성관장이 됐으니 짐이 천부인을 보여주겠노라."

단군께서는 천부인을 보여주신 후 커다란 지도를 펴고 단명을
내리셨다.

"감성관장은 지난번에 번조선과 남토의 상나라를 다녀왔으니 이
번에는 이곳 막조선과 탐모라, 삼도를 다녀오거라. 모두 우리 조선
의 제후국이니 이에 걸맞은 수준의 천문 교육을 하고 돌아오라. 전
에 보고한 바와 같이 28수를 통일하고……. 그동안 짐은 상나라를
멸할 작전을 짜고 있겠노라……."

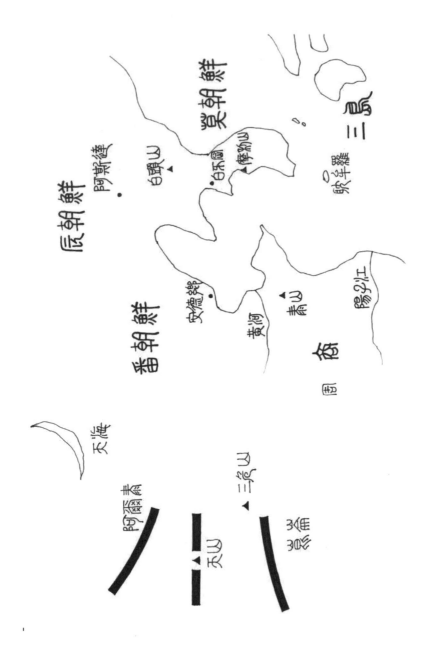

강태공

아도 부단군

마차를 타고 호위 장졸들과 함께 백아강 궁궐 가까이 이르니 멀리 조선의 태극기가 보였다. 성문 앞에는 어김없이 '금팔조' 비석이 세워져 있었다. 번조선 것과 크기나 모양이 똑같았다! 성문 밖으로 막조선 천문장 가미가 뛰어나와 나를 맞이했다. 가미는 옛날 아사달 감성에서 같이 일한 친구였다. 나는 얼른 마차에서 뛰어내렸다.

"가미야, 오랜만이다!"

"감성관장이 된 걸 축하하네!"

우리는 두 손을 잡고 반갑게 해후했다.

"여기 막조선 천문대는 언제 만들어졌지?"

"옛날 웅백다 부단군 때 대련 선인이 세웠지."

"아니, 그럼 아사달 감성보다 오래됐지 않은가?"

"천문 얘기는 나중에 하고 어서 들어가세! 아도 부단군께서 기다리고 계시네."

가미와 같이 마차를 타고 성문을 통과하자 수비 장졸들이 모두 예를 표했다.

'역시 출세하니 좋구나. 아사달에서 내려올 때도 마차를 타고 오니 얼마나 좋은가 말이야.'

나는 너무 행복했다. 막조선의 문무백관이 늘어선 가운데 나는 아도 부단군을 뵙고 단군의 친서를 전달했다.

진수성찬으로 차려진 저녁을 얻어먹고 내실에서 부단군을 따로 만났다.

"조선의 감성관장을 보니 반갑기 짝이 없소이다."

"전하, 일개 감성관장인 빈학을 이리 환대해주시니 몸 둘 바를 모르겠습니다."

"무슨 소리요. 과인이 물어볼 게 너무나 많소."

"빈학도 아는 게 거의 없습니다."

"에이, 그럼 어떻게 감성관장이 됐단 말이요?"

"하늘 공부는 끝이 없습니다. 해도 해도 모르는 것뿐입니다."

"과인도 알고는 싶고……, 너무 몰라 물어보기도 창피하고……, 물어볼 사람도 없고……, 그런 상황이외다."

"막조선은 마리산에서 천제를 지내시지요?"

"그렇소. 그곳에는 단기 51년 왕검 단군께서 직접 축조하신 참성단이 있지요."

내실 벽 한쪽에 걸려 있던 태호복희왕의 팔괘 그림이 눈에 띄었다.

내가 팔괘 그림을 바라보자 부단군이 물었다.

"감성관장, 역이 도대체 무엇이요?"

"삼라만상은 음과 양으로 구성돼 있습니다. 우주의 모든 것은 상대가 있다고 보는 것이지요. 남자가 양이라면 여자가 음이고, 하늘이 양이라면 땅이 음이고, 낮이 양이라면 밤이 음이고…… 이

런 식으로 우주를 보는 것입니다. 심지어 밝음이 양이라면 어두움은 음이고, 위가 양이라면 아래는 음이고, 앞이 양이라면 뒤는 음이고…… 이런 식으로까지 음양 우주관은 발전하게 됩니다. 그리고 음양은 서로 작용하며 변합니다. 남자와 여자 사이에서 아이들이 나오고, 하늘과 땅 사이에서 만물이 태어난다, 새벽이 밝아오면 양이 강해져 정오에 절정에 도달한 후 그 순간부터 음이 자라 어두운 저녁이 되는 것입니다. 이런 식으로 음양은 우주를 창조하고 진화하는 기운이 됩니다. 즉 음양의 조화가 우주를 유지하는 필요충분 조건이라고 보는 것입니다. 이 원리를 인생에 도입한 것이 역인 것이지요……."

내가 한마디도 더듬지 않고 설명하자 부단군은 감탄한 듯했다.

"하나라 연산역이나 상나라 귀장역의 팔괘 해석을 좀 가르쳐주시오."

부단군이 요청하자 나는 연산역과 귀장역의 팔괘 해석을 아래와 같이 정리해줬다.

건괘는 환역에서 하늘을 뜻하지만 연산역과 귀장역에서는 사람으로서 아버지도 의미한다. 이후 몸으로는 머리, 성질로는 건장함 등이 추가됐다.

태괘는 환역에서 연못을 뜻하지만 연산역과 귀장역에서는 사람으로서 작은딸을 의미한다. 건괘가 곤괘의 상효를 얻어 작은 딸이

되는 것이다. 이후 몸으로는 입, 성질로는 기쁨 등이 추가됐다.

　이괘는 환역에서 불을 뜻하지만 연산역과 귀장역에서는 사람으로는 가운데 딸도 의미한다. 건괘가 곤괘의 중효를 얻어 가운데 딸이 되는 것이다. 이후 몸으로는 눈, 성질로는 걸림 등이 추가됐다.

　진괘는 환역에서 우레를 뜻하지만 연산역과 귀장역에서는 사람으로서 큰 아들도 의미한다. 곤괘가 건괘의 초효를 얻어 큰아들이 되는 것이다. 이후 몸으로는 발, 성질로는 움직임 등이 추가됐다.

손괘는 환역에서 바람을 뜻하지만 연산역과 귀장역에서는 사람으로서 큰 딸도 의미한다. 건괘가 곤괘의 초효를 얻어 큰딸이 되는 것이다. 이후 몸으로는 허벅지, 성질로는 들어감 등이 추가됐다.

감괘는 환역에서 물을 뜻하지만 연산역과 귀장역에서는 사람으로서 가운데 아들도 의미한다. 곤괘가 건괘의 중효를 얻어 가운데 아들이 되는 것이다. 이후 몸으로는 귀, 성질로는 빠짐 등이 추가됐다.

간괘는 환역에서 산을 뜻하지만 연산역과 귀장역에서는 사람으로서 작은 아들도 의미한다. 곤괘가 건괘의 상효를 얻어 작은 아들이 되는 것이다. 이후 몸으로는 손, 성질로는 그침 등이 추가됐다.

　곤괘는 환역에서 땅을 뜻하지만 연산역과 귀장역에서는 사람으로서 어머니도 의미한다. 이후 몸으로는 배, 성질로는 순함 등이 추가됐다.

　설명을 마치자 부단군은 옆에 놓여있던 복희팔괘 그림을 펼치며 물었다.
　"이것도 좀 설명해주시오."

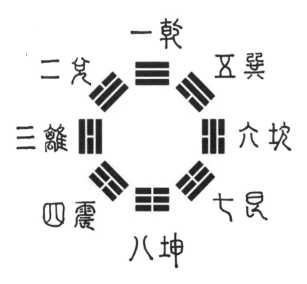

"태호복희왕께서 원형으로 배치한 팔괘 그림입니다. 그래서 이것을 복희팔괘라고 하지요. 이 팔괘에서 마주 보는 두 괘 이름의 숫자를 더하면 9가 됩니다. 예를 들면 삼리의 3과 육감의 6을 더하면 9가 되는 것입니다. 또한 팔괘에서 마주 보는 괘는 모양이 완전히 대칭을 이룹니다. 양효를 1조각, 음효를 2조각으로 본다면 마주 보는 두 괘를 합하면 9조각이 됩니다."

"그 정도는 과인도 알고 있소. 예를 들어 사진은 5조각, 마주 보는 오손은 4조각이니까 합은 9조각이요."

"예, 좋습니다. 복희팔괘를 보시면 일건, 하늘은 제일 위에 있고 팔곤, 땅은 제일 아래에 있습니다. 즉 하늘과 땅이 위아래로 틀을 짜는 것입니다. 또한 위로 갈수록 양효가, 아래로 갈수록 음효가 많아집니다. 양효가 많은 '따뜻한' 위 방향이 남쪽이 되고 음효가 많은 '추운' 아래 방향이 북쪽이 됩니다. 이는 물론 사람이 따뜻한 햇볕을 받으며 북쪽에서 남쪽을 향해 앉기 때문이기도 합니다. 따라서 팔괘의 왼쪽은 동쪽, 오른쪽은 서쪽이 되는 것입니다……."

나는 밤늦게까지 아도 부단군의 질문에 일일이 대답해줬다. 부단군은 향학열이 불타는 사람이었다. 마침내 질문을 모두 마친 부단군이 차를 한 잔 마신 후 물었다.

"그럼 그건 그렇게 하고……, 아까 단군 천자님의 서신을 보니 감성관장이 이번에 탐모라와 삼도를 가야 한다고요?"

"예, 그런 단명을 받잡고 내려왔습니다. 부단군께서 이번에 도와 주셔야겠습니다."

"그야 단명인데 여부가 있겠소. 과인이 타고 다니는 배를 내주리다. 하지만 서두르는 게 좋을 것이오. 태풍을 만나면 아주 위험하니까……."

"아사달에서는 태풍이라는 것이 없어서 생소하게 들립니다. 막조선에는 태풍이 자주 옵니까?"

"늦여름부터 가을까지는 반드시 큰 태풍이 서너 차례 옵니다. 그러니 탐모라와 삼도에 가려면 초여름인 지금 서둘러 떠나는 게 좋습니다. 돌아올 것까지 고려하면……."

"삼도는 막조선의 영토지요?"

"그렇소. 과거 마한 시절부터 지금까지 우리 배달족 수만 명이 삼도로 이주했다오. 그래서 이제는 우리 막조선 영토로 간주하고 있소이다."

"그럼 삼도에 가서 우리 조선말을 해도 다 알아듣겠군요."

"과인도 삼도에 가보고 깜짝 놀랐소. 원주민 일부만 조선말을 전혀 못하지요. 거기 가면 과인이 파견한 불마섭 총독을 만나게 될 것이요……."

"탐모라에도 총독을 보내셨나요?"

"그렇소. 탐모라에는 지금 누가 가 있더라……. 아, 거기는 원후 총독을 보냈소. 감성관장은 탐모라와 삼도 중 어디를 먼저 가시오?”

　“탐모라를 먼저 갑니다.”

　“탐모라 옆에 마도라는 섬도 있는데…….”

　“마도라 하셨습니까?”

　“마한 시대에 ‘마한에 속한 섬’이라는 뜻으로 마도라고 불렀다
오.”

　“그럼 ‘말 마’ 글자로 적습니까?”

　“그렇지요. 마한이나 마도나 모두 ‘말 마’로 적소.”

　부단군은 옆에 놓여 있던 비단천을 당겨 마도라고 적었다.

馬島

　“그곳에도 총독을 보냈나요?”

　“아니오. 그 섬에는 사람이 거의 살지 않소이다. 부족이 몇 개
있는 정도지요.”

　“그럼 거기는 굳이 들를 필요가 없겠군요.”

　“그래서 단군께서도 탐모라와 삼도만 들르라고 명하신 것일 게
요…….”

탐모라와 삼도

아도 부단군이 적극적으로 도와준 바람에 열흘 후 막조선 반도 끝 항구에서 탐모라를 향해 출발할 수 있었다. 보름 가까이 항해한 후 마침내 탐모라의 항구에 도착하자 연락을 받은 원후 총독이 마중을 나왔다. 바로 그 항구에 총독부가 있었다.

처음 닷새 동안 호위 장졸들과 함께 말을 타고 섬을 여기저기 둘러봤다. 탐모라는 한마디로 중앙에 있는 큰 산과 주위에 있는 수많은 작은 산들로 이루어진 섬이었다. 큰 산의 줄기는 동서로 뻗어있는데 남쪽은 경사가 급한 반면 북쪽은 완만했다. 해안 여기저기에는 폭포와 깎아지른 낭떠러지가 절경을 이뤘다.

엿새째 되던 날 해산물로 차려진 저녁을 마친 후 원후 총독과 대화를 나누며 내가 한 가지 지적했다.

"총독님, 빈학도 단명을 받고 여기 온 것이니 둘러보기만 할 수는 없고……, 뭔가 일을 하고 가야 하지 않겠습니까. 돌아가면 단군 천자님께 보고도 드려야 하고요. 그래서 한 가지 말씀드리고 싶군요."

"말씀하시지요. 감성관장님이 지적하신다면 즉시 반영하겠습니다."

"여기 와보니까 간지를 전혀 쓰고 있지 않더군요."

"간지라니요?"

"아, 육십갑자 말입니다."

"아, 그거요. 백성들이 워낙 무식하고……, 그러다 보니 육십갑자가 없어진 것 같습니다. 신이 부임하고 보니 아무도 사용하지 않더군요."

총독이 얼버무렸다.

"그럼 백성들은 환갑잔치를 언제 해야 하는지 어떻게 알지요?"

"사실은……, 환갑까지 사는 노인이 없습니다. 이 섬에 만 명 정도 백성이 삽니다만 신이 부임하고 단 한 명도 환갑까지 산 노인을 본 적이 없습니다."

나는 깜짝 놀랐다.

"그게 정말입니까? 아, 섬은 역시 열악하군요."

"그러니까 백성들은 육십갑자가 전혀 필요가 없습니다."

"그러면 점도 안 치나요?"

"점이 뭔지도 모릅니다."

"허어, 백아강에는 환갑을 넘긴 노인네들이 꽤 있는데……."

"여기 탐모라에는 일단 쌀이 없습니다. 거의 다 육지에서 배로 가져오는 데 여러 가지 사정으로 인해 제날짜에 꼬박꼬박 도착하지를 못합니다. 그래서 백성들이 굶주리고, 항상 일을 해야 하고……, 제 명대로 살지를 못합니다."

"그런데 왜 사람들이 탐모라에 살까요."

"현재 여기 사는 사람들 대부분은 여기서 태어났기 때문에 그냥 사는 거고 나머지는 죄를 짓고 도망을 왔거나 말 못 할 사연이 있는 사람들입니다. 총독도 서로 안 오려고 해서 신이 오게 됐습니다."

"어쨌든 막조선 영토에서 간지를 사용하지 않는다는 것은 체통에 관한 문제라고 봅니다. 총독께서는 총독부 안에서만이라도 간지 사용을 다시 시도하시는 것이 좋을 듯합니다. 원후 총독님의 큰 치적이 될 것입니다."

"감성관장님 지적대로 간지를 되살리도록 하겠습니다. 그런데 간지를 어떻게 쓰는지 신도 다 잊었습니다. 여기에 좀 써주시겠습니까?"

총독이 흰 천과 필기구를 내어놓아 나는 적어가며 설명했다.

"육십갑자는 십간과 십이지로 구성됩니다. 십간, '갑을병정무기경신임계'는 환자로 이렇게 적습니다."

十干
甲乙丙丁戊己庚辛壬癸

"그리고 십이지, '자축인묘진사오미신유술해'는 이렇게 적습니다."

十二支
子丑寅卯辰巳午未申酉戌亥

"이 육십갑자는 잘 알다시피 십간에서 한 글자, 십이지에서 한 글자씩 따서 연도를 구분하는 방법이지요. 거발환 환웅께서 배달 국을 건국한 개천 1년이 갑자년이었습니다. 그 이후 여러 변화가 있 었지만 지금 조선에 들어와서는 정확하게 간지가 적용됐습니다."

"우리 조선은 무진년에 세워졌지요?"

"그렇지요. 단기 1년이 무진년입니다. 이후로는 정확히 간지가 돌 아가고 있습니다……."

열흘 동안 탐모라에 머문 나는 원후 총독의 전송을 받으며 다시 배를 타고 삼도를 향해 떠났다. 한 달 가까이 항해한 후 마침내 삼 도에서 가장 큰 섬의 항구에 도착했다. 총독부는 항구 가까이 있었 다. 이번에도 연락을 받은 불마섭 총독이 마중을 나왔다.

삼도에서는 처음 열흘 동안 호위 장졸들과 함께 말을 타고 여기 저기 둘러봤다. 큰 섬은 거의 막조선 만큼 크다고 했다. 막조선에서 넘어온 배달족 인구가 몇 십만이어서 조선말을 하면 어디서나 통했 다. 간지도 정확히 사용하고 있어 아사달에서 지내는 바와 크게 다를 바가 없었다. 삼도는 태풍과 지진이 잦다고 했다. 다행히 나는 한 달 동안은 어느 것도 겪지 않았다. 기이한 지형도 많고 사이사이 온천도 많아서 즐겁게 지낼 수 있었다.

어느 날 저녁을 마친 후 불마섭 총독과 대화를 나누며 탐모라에서와 마찬가지로 내가 한 가지 지적했다.

"총독님, 빈학도 단명을 받고 여기 온 것이니 둘러보기만 할 수는 없고……, 뭔가 일을 하고 가야 하지 않겠습니까. 돌아가면 단군 천자님께 보고도 드려야 하고요. 그래서 한 가지 말씀드리고 싶군요."

"말씀하시지요. 감성관장님이 지적하신다면 즉시 반영하겠습니다."

"탐모라는 간지도 사용하지 않아서 그걸 바로잡고 왔습니다."

"탐모라와 삼도는 비교가 안 되지요. 탐모라는 인구가 만 명도 되지 않지요? 여기는 수십만도 넘게 삽니다."

"그래서 말인데요, 총독부에 조선 깃발을 높이 걸어놓은 것은 정말 잘하신 일입니다. 빈학 생각에 '금팔조'를 큰 돌에 새겨서 총독부 앞에 세워놓으면 어떨까 합니다. 사람이 많다보면 범죄도 늘어날 거고……."

"그런데 총독부를 막조선 궁궐과 똑같이 꾸며놓으면, 뭐랄까……, 단군이나 부단군께서 보시고 '총독 주제에 건방지다' 생각하시지 않을까요?"

"듣고 보니 그런 면도 있네요. 빈학이 미처 생각하지 못했습니다. 하지만 백성들에게 가르침을 주는 일이니 그리 오해하시지는 않으실 겁니다. 우리 단군 천자님이나 부단군님이 그러실 분들은 아니라고 봅니다만……."

"감성관장님께서 그렇게 말씀하신다면 당장 '금팔조' 비석 제작에 들어가겠습니다. 또 지적하실 사항이 있으신가요?"

"아니오, 다들 잘하고 계시는데……, 아사달에서 내려와 간섭하는 인상을 주기는 싫습니다. 한 가지씩만 건의하고 갈까 합니다. 그래야 단군 천자님께 보고드릴 거리가 있으니까요."

"그러면 감성관장님, 신이 궁금한 것 물어봐도 되겠습니까?"

"얼마든지요! 그러라고 단군 폐하께서 빈학을 보낸 것 아니겠습니까."

"그러면 염치불문하고 여쭤보겠습니다. 우리가 흔히 복희팔괘에서 태극이 나왔다고 얘기하지 않습니까?"

"그렇지요."

"신이 공부하다 보니 그 부분이 이해가 가지 않더군요. 감성관장님이 복희팔괘에서 태극이 어떻게 그려지는지 좀 쉽게 설명해주실 수 있겠습니까?"

'이렇게 쉬운 걸 물어보다니……."

처음에는 몰라서 물어보는 건지 나를 시험하는 건지 알 수가 없었다.

"아, 그거요? 아무것도 아닙니다."

나는 아래와 같이 태극이 팔괘에서 그려지는 원리를 설명했다.

　팔괘 안의 원이 각 괘 방향에 따라 8개의 부채꼴로 나뉘어 있다. 건괘 바로 밑의 부채꼴이 완전히 흰색이다. 즉 건괘에는 음효가 없고 양효 3개뿐이므로 부채꼴도 양의 기운, 흰색으로 메워진 것이다. 반대로 곤괘 바로 위의 부채꼴은 완전히 회색이다. 즉 곤괘에는 양효가 없고 음효 3개뿐이므로 부채꼴도 음의 기운, 회색으로 메워진 것이다. 그 다음 위쪽에 있는 태, 손괘 방향 부채꼴을 보자. 부채꼴의 면적 2/3는 흰색, 1/3은 회색이다. 이는 두 괘에 각각 2개의 양효와 1개의 음효가 있기 때문이다. 마찬가지 이유로 아래쪽 진, 간괘 방향 부채꼴들의 면적 2/3는 회색, 1/3은 흰색이 되는 것이다.

"……이 모든 것을 종합해 선으로 매끄럽게 이으면 자연스럽게 태극의 형상이 나타나는 것입니다. 여기에 태극을 삼태극으로 바꾸면 바로 조선의 태극기가 되지요."

내 설명을 들은 불마섭 총독은 너무 좋아했다.

'나를 시험한 것은 아니었구나. 총독이 정말 몰라서 물어본 것이었어.'

나는 오해를 풀었다.

3부

강태공을 만나다

개
천
기
6

감성관장이 된 지 4년째 되던 단기 1212년 봄, 솔나 단군은 나를 다시 주
나라에, 우사를 상나라에 사절로 보냈다. 이는 물론 남토의 정세를 최종적
으로 판단하기 위한 단군의 결정이었다. 그리하여 나는 실로 오랜만에 주
나라를 다시 방문하게 됐다…….

주나라 문왕

　호위 군사들과 함께 주나라 도읍지 풍경에 도착했다. 파발이 먼저 가서 알렸기 때문에 주나라 사람들 몇 명이 나를 맞이하기 위해 궁문 밖에 나와 있었다. 궁문에 다가가자 제일 앞에 나와 있는 희발 세자가 눈에 띄었다! 그 뒤에는 희단 왕자와 굉요의 모습도 보였다. 나는 황급히 말에서 뛰어내려 세자에게 절을 했다.

　"세자마마께서 어찌 몸소 빈학을 맞아주십니까! 빈학 몸 둘 바를 모르겠습니다!"

　세자는 나를 일으키고 두 손을 마주잡았다.

　"어서 오시오, 산의생 감성관장! 파발로부터 통보를 받고 눈이 빠지게 기다렸습니다! 이게 얼마 만입니까?"

　"4년이 다 되갑니다! 세자마마, 더 일찍 오지 못해 죄송합니다. 문왕께서는 3년의 옥고 끝에 나오셨다 들었습니다."

　"몸이 너무 쇠약해지셔서 걱정입니다."

　"빈학 궁금한 것이 한둘이 아닙니다. 강여상 어르신은 어디 계십니까?"

　"강공께서는 한동안 우리와 함께 아바마마 구출 작전을 짜고 다시 길을 떠나셨습니다. 지금은 어디 계신지 모르오."

　이번에는 희단 왕자가 인사했다.

　"어서 오세요, 감성관장님! 형님 말씀처럼 눈이 빠지게 기다렸습니다!"

"왕자마마, 그간 안녕하셨습니까. 늦게 돌아와 죄송합니다."

"아바마마께서 3년 동안 감옥에서 뭘 하셨는지 아십니까?"

"……."

"아바마마께서는 하도와 낙서를 공부하셨답니다."

"과연 문왕 전하다우십니다!"

굉요 차례가 됐다.

"굉요, 자넨가!"

굉요는 나를 끌어안고 두 손으로 내 등짝을 두들기며 기뻐 외쳤다.

"드디어 돌아왔구먼!"

"더 일찍 못 와 미안하네."

굉요는 두 손을 마주 잡은 채 팔을 뻗고 나를 찬찬히 들여다봤다.

"나는 세자 전하께서 거둬주셔서 주나라의 관리가 됐다네."

세자가 맞장구쳐줬다.

"굉요는 과인을 위해 중요한 일을 하고 있습니다."

멀리 서 있던 주나라 장군이 다가와 반갑게 인사했다.

"어르신, 어서 오시옵소서!"

"장군님은 누구……? 금석 교령 아닌가!"

"어명을 받아 장군으로 진급해 풍경의 수비대장을 맡게 됐습니다. 소장도 감성관님이 오시기를 눈이 빠지게 기다렸습니다."

모든 일을 흐뭇한 표정으로 지켜보던 세자가 재촉했다.

"자, 어서 들어갑시다. 아바마마께서 기다리고 계십니다."

주나라 문왕을 만난 나는 큰절을 올렸다.

"임금님을 처음 뵙사옵니다. 빈학은 조선의 감성관장 산의생이라 하옵니다."

문왕은 옥좌에서 뛰어내려와 나를 일으키며 말했다.

"오호, 산의생 감성관장! 매일 이름만 듣다가 드디어 만나는구려!"

문왕은 두 손을 꼭 잡고 말을 이었다.

"희발 세자, 희단 왕자에게 다 들었소. 왕자들이 입만 열면 산의생 감성관장과 강여상 공 얘기뿐이었소. 오늘 드디어 감성관장은 만나게 됐구려."

나는 고개를 들어 문왕을 바라봤다. 인자한 모습이었지만 어딘지 허약해 보였다.

"그동안 얼마나 고생이 많으셨습니까."

"다 끝난 일이오. 자, 공을 위해 주안상을 마련했소이다. 일단 자리를 옮기도록 합시다."

문왕은 내 손을 이끌어 주안상이 차려진 옆방으로 갔다. 재회의 즐거움이 넘치는 술잔 부딪치는 소리는 계속 이어졌다. 술을 마시

지 못하던 문왕이 먼저 자리에서 일어났지만 술자리는 끝날 기색이
전혀 없었다.

밤이 꽤 깊어졌을 무렵 금석이 들어와 큰소리로 외쳤다.
"세자마마, 남궁괄 선생이 돌아왔습니다!"
세자는 남궁괄을 어서 들라 했다. 금석은 밖으로 나가 남궁괄을
데리고 들어왔다. 세자를 빼고는 모든 사람이 자리에서 일어나 남
궁괄을 반갑게 맞이했다.
"살아 있었네! 살아 있었어!"
"이 사람아, 얼마나 걱정했다고!"
"사형, 진작 연락 하시지요!"
남궁괄이 세자에게 큰절하자 모두 자리에 다시 앉았다. 밖으로
나가려는 금석을 내가 붙들었다.
"세자 전하, 금석 장군과 빈학은 아주 각별한 사이옵니다. 빈학
을 풍경에 데려오고 번조선에 데려다준 사람입니다. 자리를 같이해
도 되겠습니까?"
내가 부탁하자 세자가 고개를 끄덕이며 명했다.
"천자국 귀빈의 부탁을 어찌 거절할 수 있겠소. 금석 장군, 어서
귀빈 옆에 앉으시오."
"전하, 임무를 인수인계하고 다시 오겠습니다."
잠시 나갔다 돌아온 금석은 갑옷과 투구를 벗고 내 옆에 앉았다.

내가 다짜고짜 남궁괄에게 강여상의 안부를 물었다.

"소생도 어디 계신지 모르옵니다. 이 넓은 땅, 어느 하늘 아래 계신지 알 수가 없습니다. 장인어른은 항상 낚시나 하며 살겠다고 말씀하셨습니다."

"장인어른?"

내가 놀라 묻자 남궁괄은 겸연쩍어하며 답했다.

"아, 따님과 같이 피난살이를 하다 보니……."

"그거 잘됐네! 상나라 주왕 덕분에 자연스럽게 훌륭한 천생배필을 만났네그려. 자네는 그놈에게 감사해야겠네."

내 농담에 웃음꽃이 활짝 피었다.

태공망

다음날 문왕은 점심을 같이했다.

"아니, 어제 무슨 술을 그리들 많이 먹었는가?"

문왕의 말에 우리는 모두 혼나는 것이 아닌가 생각하며 순간 긴장했다.

"아, 부럽도다! 젊음이 부러워!"

이어진 문왕의 말을 듣고서 분위기는 화기애애하게 변했다.

"어제 강여상 공 얘기를 해서 그런지 지난밤에 이상한 꿈을 꿨소."

문왕이 갑자기 진지한 어투로 말을 꺼내자 우리는 다시 긴장했다.

"솔나 단군께서 상나라를 치는 일을 도와주시겠다고 약속하셨소. 또한 그 일을 가능하게 만들 강씨 성을 가진 사람을 보내 주리라 약속하셨소. 이게 도대체 무슨 꿈이오?"

"폐하, 이는 당연히 강여상 공을 어서 데려오라는 말씀인 것 같사옵니다."

문왕의 말이 끝나기가 무섭게 내가 아뢰자 희단 왕자가 거들었다.

"아바마마, 소자도 그렇게 생각하옵니다. 이유 여하를 막론하고 스승님은 지금 이 자리에 계셔야 할 분이옵니다."

그러자 희발 세자도 나섰다.

"몇 번 말씀드린 바와 같이 아바마마를 유리의 성에서 모셔올 계책을 얘기하신 분도 강여상 공이옵니다. 이제 아바마마께서 은혜를 갚아야 한다고 믿사옵니다."

"어허, 과인인들 강공을 모시고 싶지 않겠느냐. 어디 있는지 알아야 모시든 말든 할 것이 아니냐. 과인도 답답해 미치겠구나."

내가 조심스럽게 입을 열었다.

"폐하, 마침 강공의 제자가 지금 이 궁궐 객사에 와 있습니다. 사실 그 사람은 어제 폐하께서 자리를 뜨신 후에 줄곧 저희와 같이 있었습니다. 남궁괄이라는 사람인데 한 번 불러볼까요?"

"어서 부르도록 하시오."

남궁괄이 불려와 문왕에게 큰절했다.

"고개를 들으시오. 어디 얼굴을 봅시다."

문왕이 명하자 남궁괄은 고개를 들었다. 순간 남궁괄은 매우 놀라는 듯했다.

'아니, 이 사람 무슨 일인가?'

내가 눈으로 묻자 남궁괄이 조심스럽게 입을 열었다.

"어, 어젯밤 꿈에서 소생은 한 어르신을 뵈었습니다! 그런데 인제 보니 그 분의 얼굴이 전하 용안과 똑같사옵니다!"

"그렇소? 꿈 얘기를 자세히 말해 보시오."

남궁괄은 침착함을 되찾고 또박또박 얘기하기 시작했다.

"참으로 신기한 일이옵니다. 어젯밤 꿈에서 한 어르신이 열심히 보검을 찾고 계셨습니다. 그래서 소생이 점을 쳤더니 그 보검은 강물에 잠겨 있는 걸로 점괘가 나왔습니다. 그렇게 얘기하니까 그 어르신이 어느 강이냐고 물었습니다. 그러자 소생이 위수로 가보라고 대답했사옵니다. 꿈이 하도 생생해 아직도 잊지 않았사옵니다."

"그래요? 그럼 그 어르신이 전하였다면……."

우리는 서로 얼굴을 둘러봤다. 굉요가 처음으로 조심스럽게 입을 열었다.

"강여상 어르신이 위수에 계시다는 뜻……?"

그러자 남궁괄이 손사래를 치며 말했다.

"그건 아닙니다. 소생이 그동안 스승님을 얼마나 찾아 헤맸는지 모릅니다. 낚시터란 낚시터는 다 가봤습니다. 꿈속에서 왜 딱히 위수라고 대답했는지 소생도 모르옵니다. 그냥 꿈속에서 그렇게 대답한 것뿐이옵니다."

잠자코 듣고만 있던 문왕이 물었다.

"그것참 신기한 일이로다. 그러면 위수에 있는 낚시터들은 가봤소?"

"반 정도는 가봤사옵니다."

남궁괄의 답을 들은 문왕은 확신에 차 말했다.

"그러면 위수 낚시터들을 마저 돌아봅시다. 낚시꾼들이 몰려 있는 곳은 피하고……. 숨어 사는 사람이니 한적한 곳에 강공이 있지 않겠소."

"아바마마, 그럼 사람을 풀어 위수의 낚시터들을 샅샅이 찾아보겠사옵니다."

세자가 말하자 문왕이 답했다.

"아니다. 궁 밖에 나간 지도 오래돼서 나들이를 가고 싶구나. 변복하고 최소한의 인원만 가도록 하자. 말을 타고 달리면 반나절도 안 걸려 위수에 도착할 것 아니냐."

문왕이 서두르자 남궁괄은 암담한 표정을 지었다.

'전하가 허탕 칠까 봐 죄송해서 저러는 거겠지. 그나저나 전하도 어지간히 강공을 만나고 싶어 하시는구나. 지푸라기 하나라도 잡고 싶으신 게야.'

"아바마마, 헛걸음질하실 확률이 높습니다. 바깥바람을 쐬면 옥체를 상하실 수도 있으니 그냥 사람들을 시키시옵소서."

세자가 나서 말리자 문왕은 확신에 차 말했다.

"아니다, 느낌이 이상해. 과인 혼자 꿈을 꾼 것도 아니고……. 이는 결코 우연이 아니다. 단군 천자께서 오늘 강공을 만나게 해 주실 것 같구나."

그리하여 나는 남궁괄과 함께 문왕을 모시고 위수로 가게 됐다. 호위 병력도 금석 장군과 대여섯 명의 병졸로 제한했다. 말을 달려 위수의 지류인 반계에 도착하니 삿갓을 쓰고 앉아있는 낚시꾼이 처음으로 눈에 띄었다. 나와 남궁괄이 말에서 내려 조심스럽게 다가갔다. 낚시꾼은 뒤에 두 사람이나 바짝 다가선 줄도 모르고 낚시에 열중하고 있었다.

"강공!"

내가 부르자 낚시꾼은 깜짝 놀라 뒤를 돌아봤다. 강여상이었다!

"산의생, 자넨가!"

강여상은 벌떡 일어나 나를 끌어안고 두 손으로 내 등짝을 두들기며 기뻐 외쳤다. 그러자 남궁괄이 외쳤다.

"스승님!"

"오, 너냐?"

강여상이 이번에는 남궁괄을 반갑게 끌어안으며 물었다.

"그래, 우리 애는 잘 있느냐?"

남궁괄이 대답을 못 하고 우물쭈물하기에 내가 대신 말했다.

"따님과 백년가약을 맺고 잘살고 있다 합니다."

강여상은 기쁜 표정을 짓고 외쳤다.

"그래? 그럼 남궁괄이 너는 이제 내 제자가 아니라 사위로구나! 별로 마음에는 안 들지만 할 수 없지, 하하하!"

남궁괄이 기죽지 않고 말했다.

"스승님께서 여기 위수에 계신다는 사실을 소생이 맞췄습니다!"

"그래? 이제 이 늙은이보다 낫구나. 암, 나아야지. 제자가 스승만 못하면 무슨 발전이 있겠느냐."

"오늘 잡은 물고기들은 어디 있습니까? 아예 물고기 담는 통이 없네요."

내가 묻자 강여상이 낚싯대를 걷어 올려 바늘을 보여줬다. 낚싯 바늘은 곧게 펴져 있었다!

'아니, 저 바늘로 어떻게 물고기를 잡는단 말인가?'

이어진 강여상의 말에 나는 머리를 얻어맞은 듯 충격을 느꼈다.

"나는 물고기를 낚지 않는다네. 그동안 세월을 낚았지."

먼발치에서 지켜보기만 하던 문왕이 마차에서 내려 다가왔다. 문왕이 다가서자 강여상은 큰절을 올리며 말했다.

"전하! 강여상 처음으로 인사드리옵니다."

문왕은 황급히 맞절하며 답했다.

"강공, 드디어 만났구려! 드디어 만났어!"

두 사람은 일어나 두 손을 맞잡고 하염없이 서로 바라보고만 있었다.

문왕의 부친 태공은 항상 귀한 인재가 나타나 주나라를 번영하게 만들 것이라고 말했다. 문왕은 그 인재가 강여상이라 확신해 그를 '태공이 기다리던 사람', 즉 '태공망'이라 불렀다. 하지만 사람들은 성을 따서 간단히 강태공이라고 불렀다. 만일 문왕이 3년 동안 옥살이를 하지 않았더라면 두 사람은 더 빨리 만났을 것이었다. 강태공은 이런 두 사람의 운명을 간파하고 낚시를 하며 시간을 보냈다. 그의 말마따나 세월을 낚은 것이었다.

그동안 강태공은 소문이 날까 봐 점을 치지 못했고 그의 부인은 나이 70이 넘은 남편을 먹여 살리기 위해 다시 허드렛일에 나서게 됐다. 그러던 어느 날 부인이 멍석에 널어놓은 곡식이 비에 맞지 않게 하라고 신신당부한 후 일을 나갔다. 하지만 강태공은 방 안에서 책을 보느라고 그 당부를 까맣게 잊었고 부인이 집에 돌아왔을 때는 이미 소나기 때문에 곡식이 모두 물에 떠내려간 뒤였다. 이에 부인은 화를 참지 못하고 집을 나가버렸다고 한다.

괘사

강태공이 돌아오고 이틀이 지났으나 정작 상나라를 도모할 얘기는 나오지 않았다. 문왕은 아직 때가 이르지 않았다고 판단하고 있었다. 문왕과 희단 왕자는 역에만 몰두하고 있었다. 거기에다가 강태공까지 합세했으니 모이면 역 얘기가 나올 수밖에 없었다. 희발 세자만 지루해했을 뿐 희단 왕자, 강태공, 남궁괄, 그리고 나는 문왕과 함께 역을 주제로 토론하며 즐겁게 지냈다.

셋째 날도 어김없이 우리는 육십사괘에 관해 얘기하고 있었다.

"……공부하니 감옥 생활도 덜 괴롭더이다. 감옥에 하나라 연산역과 상나라의 귀장역을 가지고 들어가 열심히 공부했소. 때로는 거미줄을 치는 거미로부터 가르침을 받기도 했다오. 그래서 환역, 연산역, 귀장역을 종합해 육십사괘에 모두 괘사를 달았소."

"괘사라니요?"

내가 묻자 문왕이 설명했다.

"육십사괘 하나하나 서술을 달았다는 뜻이오. 자, 먼저 이 그림을 보시오. 화공들이 정성을 다해 그렸소."

문왕은 하얀 비단에 그려진 그림을 보여줬다.

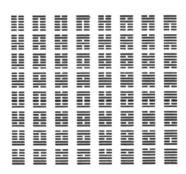

　"맨 아래 여덟 괘는 하괘가 건이오. 그리고 아래로부터 올라오면
서 하괘는 태, 이, 진, 손, 감, 간, 곤괘 순서요. 하괘가 결정되면 상
괘를 오른쪽부터 왼쪽으로 건, 태, 이, 진, 손, 감, 간, 곤괘 순서로
얹소. 그러면 육십사괘가 완성되는 것이외다. 이번에는 이걸 보시
오. 우선 괘 이름부터 설명하겠소. 예를 들어 상괘가 육감수괘, 하
괘가 사진뢰괘인 이 괘를 봅시다."

　문왕은 위에서 다섯 번째 행, 왼쪽에서 세 번째 열에 있던 아래
괘를 가리켰다.

강태공

"이 괘의 이름은 '수뢰'로 시작합니다. 즉 육감수의 '수', 사진뢰의 ''뢰'를 따왔지요. 맨 나중에 이름을 붙이는데 이 경우에는 '둔'이 됩니다. 따라서 이 괘의 이름은 '수뢰둔'이 됩니다. 환자로 이렇게 적습니다."

문왕은 준비된 천에 아래와 같이 썼다.

水雷屯

"여기서 '둔'이 무슨 뜻입니까?"

"육십사괘 중 어려운 것이 몇 개 있는데 이게 그중 하나요. 그래서 어렵다는 뜻을 가진 글자 '둔'이 쓰인 것 같소. '둔'은 귀장역에서 따온 것입니다. 이 수뢰둔괘의 괘사는 '둔원형리정물용유유왕리건후'가 됩니다."

문왕은 다시 아래와 같이 적었다.

屯元亨利貞
勿用有攸往
利建侯

"아니, 이걸 어떻게 다 외워 적으십니까?"

강태공이 묻자 문왕이 답했다.

"감옥에서 할 일이 뭐가 있소. 그래서 육십사괘 이름과 괘사를 모두 외웠지요. '둔원형리정물용유유왕리건후', 둔은 크게 형통하고 바르게 함이 이롭다, 갈 곳이 있어도 가지 말아야 한다, 군주가 제후를 세워야만 이롭다, 이런 뜻이외다."

강태공과 나는 할 말이 없어 묵묵히 듣고만 있었다.

"가장 쉬운 건괘의 경우를 봅시다."

문왕은 그림에서 맨 아래 오른쪽 끄트머리에 있는 괘를 가리켰다.

"이 괘의 이름은 '천천'으로 시작해야 하지만 '중천'으로 표기하오. 이름은 어차피 건괘가 두 개 모인 것이니 그냥 건이라 부르기로

했소. 따라서 이 괘의 이름은 '중천건'이 됩니다. 환자로는 이렇게 적습니다."

重天乾

문왕은 물을 한 잔 마시더니 계속 설명했다.

"중천인 괘 이름은 여전히 '건'이오. 그래서 괘의 정식 명칭은 중천건이 됩니다. 중천건 괘의 괘사는 그냥 '건원형이정'으로 적기로 했소."

문왕은 환자로 '건원형이정'이라고 썼다.

乾元亨利貞

"건은 크게 형통하고 바르게 함이 이롭다, 이런 뜻이외다. 두 분 모두 이제 감이 잡히시오?"

"그럼 이 괘의 이름은 중지곤입니까?"

나는 그림에서 맨 위 제일 앞에 있는 괘를 가리키며 물었다.

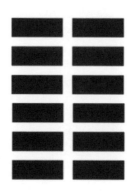

"그렇소. 과인은 중천건, 중지곤, 수뢰둔, …… 순서로 대나무 발을 만들었다오. 그래서 수뢰둔 괘를 설명했던 것이오."

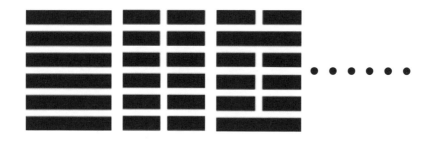

"감옥에서 과인의 운명이 어느 괘에 해당되는지 수도 없이 알아 봤소. 그랬더니 결국 풍천소축 괘가 나오더이다."

문왕은 아래 괘를 가리켰다.

"이 괘의 이름은 이렇게 씁니다."

風天小畜

"괘사는 이렇소."

小畜亨密雲不雨自我西郊

소축형밀운불우자아서교

작은 것으로 길들이는 것은 형통하니, 구름이 **빽빽**이 모였지만 비가 내리지 않는 것은 나의 서쪽 교외로부터 왔기 때문이다.

소축은 형통하니 **빽빽**한 구름에 비가 오지 않은 것은 우리 서쪽 교외에 머물러있다.

"마지막으로 그림 하나 더 보여드리겠소."

문왕은 하얀 비단에 그려진 그림을 다시 하나 펴보였다.

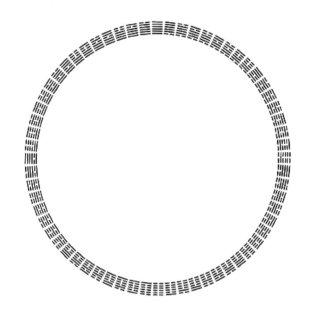

"주군, 대단하시옵니다! 맨 위에 중천건, 맨 아래에 중지곤 괘가

있군요! 소신은 육십사괘를 이렇게 원 모양으로 배치할 수 있으리라고는 꿈에도 생각을 못하였사옵니다!"

"제일 꼭대기 중천건괘 왼쪽 7개는 하괘가 모두 건괘고, 오른쪽 7개는 하괘가 손괘, …… 이런 식으로 배치가 돼 있군요!"

강태공과 내가 감탄해 외치자 문왕은 자랑스러운 목소리로 설명을 이어나갔다.

"그렇소. 괘 이름은 중천건괘 왼쪽으로 가면서 택천쾌, 화천대유, 뇌천대장, 풍천소축, 수천수, 산천대축, 지천태, 이렇게 되겠소……."

문왕팔괘

다음 날도, 또 다음 날도 우리는 역을 공부했다.

"복희팔괘를 보면 마주 보고 있는 괘들이 균형과 조화를 이루고 있습니다. 즉 복희팔괘는 이상적인 우주의 모습을 보여주고 있지요. 하지만 이는 현실과는 거리가 멀게 느껴집니다. 왜냐하면 현실은 균형과 조화를 이루지 못하고 있기 때문입니다. 어찌 보면 상생보다 상극이 판치는 현실 아닙니까?"

강태공과 내가 수긍하자 문왕은 처음 보는 팔괘 그림이 그려진 하얀 비단을 펼쳤다.

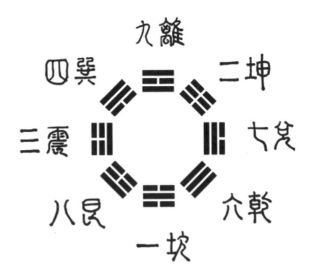

"현실은 상생의 하도보다 상극의 낙서에 더 가깝습니다. 그래서 낙서에 기반을 둔 팔괘 배치를 생각했지요. 복희팔괘에서는 우주의 부모 격인 건괘와 곤괘가 위아래 중심축을 잡고 있는데 반해 이 그림에서는 감괘와 이괘가 위아래 중심축을 잡고 있습니다……."

문왕은 신이 나서 새로운 팔괘 그림을 설명했는데 내용을 정리하면 아래와 같았다.

진괘는 양효가 두 음효를 뚫고 솟아오르는 모습이므로 싹이 트는 봄, 방향으로는 동쪽을 상징한다. 손괘는 만물의 발육을 상징하니 봄과 여름 사이, 방향으로는 남동쪽을 상징한다. 이괘는 밝아 만물이 서로 다투며 자라니 여름, 방향으로는 남쪽을 상징한다. 곤괘는 땅이므로 만물을 왕성하게 만들어 결실 직전인 여름과 가을 사이, 방향으로는 남서쪽을 상징한다. 태괘는 생기를 아래로 흡수해 결실을 맺으니 가을, 방향으로는 서쪽을 상징한다. 건괘 강건해찬 기운이 점점 더 강해지는, 음의 기운과 싸움을 시작하는 가을과 겨울 사이를, 방향으로는 북서쪽을 상징한다. 감괘는 물이니 겨울, 방향으로는 북쪽을 상징한다. 간괘는 만물이 죽고 새로 태어나는 겨울과 봄 사이, 방향으로는 북동쪽을 상징한다. 정리하자면 만물은 진괘에서 시작돼 손괘에서 틀을 잡고, 이괘에서 빛나 곤괘에서 자라고, 태괘에서 거둬 건괘에서 싸우며, 감괘에서 쉬고 간괘에서 끝난다. 따라서 문왕팔괘의 동쪽 진괘는 봄, 남쪽 이괘는 여름,

서쪽 태괘는 가을, 북쪽 감괘는 겨울을 각각 상징한다. 또한 남동쪽 손괘는 봄과 여름 사이, 남서쪽 곤괘는 여름과 가을 사이, 북서쪽 건괘는 가을과 겨울 사이, 북동쪽 간괘는 겨울과 봄 사이를 상징한다. 즉 새 팔괘 그림에서는 진 → 손 → 이 → 곤 → 태 → 건 → 감 → 간 순서로 우선하며 춘하추동 시간의 흐름을 따라가는 것이다. 즉 복희팔괘가 공간적 배치된 것이라면 새 팔괘는 시간적으로 배치된 것이다.

"숫자가 이상합니다. 일건, 이태, 삼리, 사진, 오손, 육감, 칠간, 팔곤이 아니라 일감, 이곤, 삼진, 사손, 육건, 칠태, 팔간, 구리 이네요. 그리고 오가 없고 대신 구가 추가됐군요."

"아, 그건 낙서에서 온 것이요. 마주 보는 두 괘 수의 합은 정확히 10이 됩니다. 예를 들어 삼진의 3과 칠태의 7을 더하면 10이 되지요."

문왕은 바둑판을 당겨 바둑돌로 낙서를 만들었다.

"낙서가 상극 순환을 설명하지 않습니까? 그런데 팔괘의 숫자들 배치를 보세요. 바로 낙서에서 중앙의 5를 뺀 것과 똑같습니다."

4	9	2
3		7
8	1	6

강태공

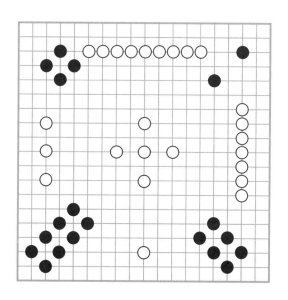

"과연 그렇군요."

"이것만 봐도 과인이 감옥에서 만든 팔괘는 낙서와 통한다는 사실을 알 수 있습니다. 즉 이 팔괘는 상극의 팔괘입니다."

"그것 재미있네요. 복희팔괘는 하도와 별 상관이 없어 보이는데……."

"낙서와 이 팔괘만큼 직접적으로 관련이 있어 보이지는 않소이다."

문왕의 설명이 끝나자 한동안 침묵이 흘렀다. 그동안 복희팔괘로 모든 것을 설명하던 내가 받은 충격이란 이루 말할 수 없었다. 귀장역의 대가 강태공도 겨우 정신을 차리고 입을 열었다.

"주군, 이 팔괘는 복희팔괘 못지않은…… 아니, 복희팔괘를 넘어서는 것이옵니다. 복희팔괘가 우주의 탄생을 다룬다면 전하의 팔괘는 우주의 진화를 다룬다고 할 수 있겠습니다. 소신은 지금부터 이것을 문왕팔괘라 부르겠사옵니다!"

신이 난 문왕은 나에게 물었다.

"감성관장의 의견은 어떻소?"

'아니, 복희팔괘에서는 아버지 건괘가 어머니 곤괘와 마주 보고 있는데 새 팔괘 그림에서는 건괘와 손괘가 마주 보고 있지 않은가. 귀장역에 따르면 아버지와 큰딸이 마주 보고 있다는 말이로다. 또한 곤괘가 간괘를 마주 보고 있으니 어머니가 작은아들을 마주 보고 있구나. 하지만 이렇게 말씀드리면 오해하실 수도 있으니……'

나는 솔직히 답변했다.

"빈학은 아직……, 이해를 다 못한 듯합니다. 전하께 더 가르침을 받도록 하겠습니다. 아무튼 어지러운 세상을 보여주는 새로운 팔괘라는 사실은 분명합니다."

"바로 보셨소! 이게 왜냐하면 균형과 조화를 이루지 못하고 있는 현실입니다. 상생보다 상극이 판치는 현실의 모습 그 자체지요……."

"문왕팔괘와 연관된 역이 연산역이나 귀장역과 크게 다른 점이 있습니까?"

"과인이 만든 육십사괘 괘사만 있다면 크게 다를 것도 없지요.

하지만 그동안 희단이 괘사에 추가해서 효사를 완성하였소."

강태공이 물었다.

"효사라니요?"

"괘사에다가 추가로 6개의 효 모두 해석을 붙였다는 말입니다. 희단이 총 64 × 6 = 384개의 효사를 일일이 적었다는 말이오. 그러면 우리가 정리한 역은 괘사밖에 없는 연산역이나 귀장역과 수준이 완전히 다르지 않겠소?"

"예? 왕자님이 384개나 되는 효사를 일일이 달았다는 말씀이옵니까? 그럼 얘기가 다르지요!"

깜짝 놀란 강태공은 동의를 구하려는 듯 나를 쳐다봤다.

'괘 하나당 6개의 효사를 추가한다는 말 아닌가! 그 아버지에 그 아들이로다!'

나는 희단 왕자를 바라보며 물었다.

"왕자님, 효사를 일부 적어주실 수 있습니까?"

"아바마마께서는 화공들을 총동원해 대나무 발을 만드셨습니다. 대나무 발을 모두 가지고 올 수는 없으니 몇 개만 가지고 오겠습니다."

왕자가 대나무 발을 가지러 가려고 일어섰다.

"아니, 왜 시녀들을 시키지 않으시고……."

"시녀들이 알아야 가지고 오지요."

희단 왕자가 나가자 문왕은 행복한 표정으로 눈을 지그시 감고 말했다.

"아, 과인은 모든 걸 잊고 이렇게 강태공과, 감성관장과 이런 얘기나 하고 살았으면 좋겠소."

그러자 내내 듣고만 있던 희발 세자가 강한 목소리로 간했다.

"아바마마, 아니 되옵니다! 벌써 유리성 옥살이를 잊으셨사옵니까? 이제 잠시 팔괘니 역이니 하는 일들을 잊으시고 상나라 주왕을 멸할 계책을 마련하여 주시옵소서!"

문왕이 갑자기 목을 잡으며 말했다.

"아, 피곤하니 누워야겠소. 오늘은 여기까지만 합시다."

우리는 대나무 발을 가지고 온 희단 왕자와 함께 자리를 옮겼다.

효사

희발 세자만 다른 곳으로 가고 희단 왕자, 강태공, 남궁괄, 그리고 나는 자리를 옮겼다. 희단 왕자는 가지고 온 대나무 발들을 펴보이며 얘기하기 시작했다.

"지난번에 보니 아바마마께서 수뢰둔괘를 먼저 설명하셨습니다. 그래서 저도 수뢰둔괘의 효사부터 말씀드리겠습니다. 아바마마가 지으신 수뢰둔괘의 괘사는 '둔원형리정물용유유왕리건후', 둔은 크게 형통하고 바르게 함이 이롭다, 갈 곳이 있어도 가지 말아야 한다, 군주가 제후를 세워야만 이롭다, 이런 뜻이었습니다."

희단 왕자는 아래와 같이 새겨진 대나무 발을 펴 보였다.

屯元亨利貞
勿用有攸往
利建侯

왕자가 대나무 발 묶음 하나를 더 추가로 펼치자 거기에는 아래와 같이 새겨져 있었다.

初九 磐桓 利居貞 利建侯
六二 屯如邅如 乘馬班如 匪寇
婚媾 女子貞不字 十年乃字
六三 即鹿无虞 惟入于林中 君
子幾不如舍 往吝
六四 乘馬班如 求婚媾 往吉 无
不利
九五 屯其膏 小貞吉 大貞凶
上六 乘馬班如 泣血漣如

초구반환리거정리건후

육이둔여전여승마반여비구혼구여자정불자십년내자

육삼즉록무우유입우림중군자기불여사왕린

육사승마반여구혼구왕길무불리

구오둔기고소정길대정흉

상육승마반여읍혈련여

"먼저 육효의 명칭부터 설명을 드리겠습니다. 양효의 경우에는 '구', 음효의 경우에는 '육'이라 합니다. 예를 들어 육효가 모두 양효인 중천건괘의 경우에는 제일 아래부터 초구, 구이, 구삼, 구사, 구오, 상구가 됩니다. 육효가 모두 음효인 중지곤괘의 경우에는 초육, 육이, 육삼, 사사, 육오, 상육이 됩니다. 따라서 수뢰둔괘의 경우에는 아래부터 양, 음, 음, 음, 양, 음이니까 초구, 육이, 육삼, 육사, 구오, 상육이 되는 것입니다."

강태공과 나는 고개를 끄덕였다. 이어서 왕자는 각 효사를 아래와 같이 풀었다.

초구 : 머뭇거리나 바르게 있으면 좋은 일이 있다.

육이 : 결혼하자고 쫓아다니는 남자를 택하지 말고 10년만 기다리면 좋은 신랑감을 만난다. 즉 사리판단을 잘해야 한다.

육삼 : 사냥에 나섰지만 몰이꾼도 없고 사슴을 쫓다 길을 잃는

다. 즉 일을 벌이지 말라.

　육사 : 말을 타고 구혼하러 가면 매우 길하니 동지를 만난다.

　구오 : 일을 크게 벌이지 말고 고집부리지 말라.

　상육 : 말을 타고 떠났으나 처량해서 피눈물을 흘린다.

　설명을 다 들은 강태공이 말했다.

　"왕자마마께서 귀장역을 거의 인용하지 않으셨군요. 처음 듣는 내용이 대부분입니다. 왕자마마, 정말 고생이 많으셨습니다."

　나도 거들었다.

　"이런 식으로 육십사괘에 효사를 여섯 구절씩 다 붙이셨다는 말입니까! 정말 대단하십니다!"

　우리 청찬을 들은 희단 왕자는 얼굴이 약간 상기돼 중천건 대나무 발을 꺼냈다.

重天乾
乾元亨利貞

"이것은 중천건괘 괘사 '건원향리정'이었습니다."
왕자가 대나무 발 묶음을 풀자 아래와 같은 글이 보였다.

初九潛龍勿用
九二見龍在田利見大人
九三君子終日乾乾夕惕
　　若厲無咎
九四或躍在淵無咎
九五飛龍在天利見大人
上九亢龍有悔

초구잠룡물용

구이현룡재전리견대인

구삼군자종일건건석척약려무구

구사혹약재연무구

구오비룡재천리견대인

구육항룡유회

왕자는 각 효사를 아래와 같이 풀었다.

초구 : 잠긴 용이니 쓰지 말라.

구이 : 나타난 용이 밭에 있으니 대인을 봐 이롭다.

구삼 : 군자가 날이 다하도록 굳세어 저녁에 두려워하면 허물은 없다. 즉 일을 벌이지 말라.

구사 : 혹 뛰어 못에 이으면 허물이 없다.

구오 : 나는 용이 하늘에 있으니 대인을 봐 이롭다.

상구 : 높은 용이니 뉘우침이 있다.

"지난번 문왕께서, 풍천소축괘였나? 그 괘에 인생이 걸렸다고 말씀하셨지요?"

"그렇습니다."

"그 괘에 대해서도 알려주시지요. 문왕 인생과 맞나 봅시다."

"풍천소축괘는 가지고 오지 않았으니 글로 설명하겠습니다."

왕자는 산목으로 괘를 만들어 보였다.

"괘의 이름과 괘사와 효사는 이렇습니다."

왕자는 순식간에 써내려갔다.

風天小畜

小畜亨密雲不雨自我西郊

初九復自道何其咎吉
九二牽復吉
九三輿說輻夫妻反目
六四有孚血去惕出无咎
九五有孚攣如富以其鄰
上九既雨既處尚德載婦貞
厲月幾望君子征凶

초구부자도하기구길

구이견부길

구삼여설복부처반목

육사유부혈거척출무구

구오유부련여부이기린

상구기우기처상덕재부정려월기망군자정흉

왕자는 각 효사를 아래와 같이 풀었다.

초구 : 회복함을 도로부터 함이니 허물이 없다.

구이 : 이끌어서 회복하니 길하다.

구삼 : 수레의 바큇살을 벗기니 부부가 반목한다.

육사 : 믿음을 두면 피가 사라져가고 두려운 데서 나와서 허물이 없다.

구오 : 믿음을 갖고 서로 이끌고 부르기를 이웃처럼 한다.

상구 : 이미 비 오고 그침은 덕을 숭상하여 실음이니 지어미가 너무 고집하면 위태하다. 달이 거의 보름이니 군자가 집 떠나가면 흉하다.

"그럼 실제로 점은 어찌 치는 것입니까?"

내가 묻자 희단 왕자가 답했다.

"그야 윷가락 하나만 6번 계속 던져도 되지요. 그다음에 괘사와 효사를 보고……."

"효사를 보관하고 있는 방을 봐도 되겠습니까?"

"왜요?"

"효사 384개를 보관하려면 커다란 방으로도 모자랄 것 같아서 말입니다."

"집 한 채를 가득 메우고 있습니다. 가보시지요."

강태공의 가르침

주나라에서 머문 마지막 날 나는 희발 세자, 희단 왕자, 강태공과 함께 이별주를 마셨다. 세자는 기회만 있으면 주왕에게 복수를 다짐했다.

"세자 전하, 비록 빈학이 직접 못 온다고 하더라도 끊임없이 파발들을 보내 이곳 상황을 항상 단군 천자님께 간하겠사옵니다. 상나라는 여전히 강성하옵니다. 스스로 10만 대군이 있다고 자랑하지 않습니까. 하나라 걸왕의 군대 5만보다 2배나 많습니다. 그러니 전하께서는 힘을 길러 훗날을 도모하시기 바랍니다."

"이를 말이오. 과인은 돌아오실 때까지 힘을 기르며 기다리겠소이다."

세자는 굳게 다짐했다.

"결국 주왕은 하나라 걸왕 꼴이 되고 전하는 상나라 탕왕처럼 역사에 이름을 남기실 것이옵니다. 그러면 빈학이 다시 뵈올 때까지 옥체를 보전하소서."

내 덕담에 세자는 고개를 끄덕이며 다시 술을 권했다. 세자가 만취해 먼저 자리에서 일어났다. 희단 왕자가 갑자기 두 글자를 적더니 나에게 물었다.

"감성관장님, 연산역이나 귀장역처럼 아바마마의 문왕팔괘에 바탕을 둔 아바마마의 역을 '주역'이라고 불러도 괜찮을까요? 어차피 우리 주나라에서 정리한 것이니까……."

"……."

내가 잠시 생각에 잠기자 강태공이 대신 대답했다.

"왕자님, 이는 쉬운 일이 아니라 사료됩니다. 연산역을 하역이라고 하지 않고, 귀장역을 상역이라고 하지 않습니다."

"빈학 생각도……, 문왕팔괘까지는 모르겠으나……, '주역'이라 칭하는 일은 단군 천자께서 어찌 생각하실지 염려가 됩니다."

내가 다시 말하자 왕자의 표정이 어두워졌다.

"역이란 하늘의 이치입니다. 제후국 이름으로 역을 명명한다는 것이 어쩐지……. 배달국 시절에는 제후국에서 천문을 보는 일도 허락하지 않았습니다."

희단 왕자는 지지 않았다.

"하지만 연산역이나 귀장역보다 훨씬 더 널리 퍼져 온 천하가 다 쓴다면……, 결국 사람들은 '주역'이라는 쉬운 이름으로 부르지 않겠습니까?"

"좀 두고 봐야 합니다. 뭐, 주나라 사람들끼리 '주역'이라고 부르는 거야 천자님께서 뭐라고 하시겠습니까."

"세자 전하께서는 당장 '주역'으로 부르자고 하십니다."

"세자 전하는……, 아뢰옵기 황송하오나……, 성격이 불같으셔서 일을 마구 밀어붙이시는 면이 있습니다. 하지만 그 장점이 바로 단점일 수도 있는 것이지요."

듣고만 있던 강태공이 끼어들었다.

"그래서 왕자님께 이 늙은이가 당부드리옵니다. 왕자님은 전쟁 일에 절대로 나서지 마시옵소서. 세자 전하 앞에서는 당분간 오로지 '주역' 얘기만 하시오소서. 그냥 '주역'에만 미쳐있는 듯 행동하셔야 합니다."

"무슨 뜻인지……."

"다행히 세자 전하는 '주역'에 전혀 관심이 없어서 동생의 재능을 질투하시는 것 같지는 않사옵니다. 사람 일은 모르는 것입니다. 작은 질투심 하나가 나중에 큰 화를 부를 수도 있사옵니다. 왕자님, 소신이 무슨 말씀을 드리는지 아시겠습니까?"

"……."

왕자의 답이 없자 내가 끼어들었다.

"왕자님, 만일 세자 전하가 보위에 오르면 미움을 사서 화를 입으실 수도 있다는 말씀 같습니다."

"세자 형님이 저를요? 에이, 말도 안 되는……."

왕자의 말을 듣고 강태공이 정색을 하며 말했다.

"말씀드리기 정말 거북하옵니다만……, 권력 앞에서는 원래 부모도, 형제도 없는 것이옵니다. 물론 세자 전하가 그럴 일은 없을 것이라고 굳게 믿습니다만……, 그래도 만일에 대비하시라는 뜻이옵니다."

나도 거들었다.

"왕자님, 지금 당장은 상나라를 멸해야 한다는 큰 과업이 있어 자잘한 다른 일들은 전혀 문제가 되지 않고 있습니다. 하지만 과업이 성사된다면……, 그 다음에는 자잘한 일들이 중요한 문제가 되기 시작할 것입니다. 태공께서는 그때를 내다보시고 충언을 드리는 것입니다."

왕자가 흥분한 목소리로 외쳤다.

"두 분 앞에서 맹세하겠습니다! 저 희단은 앞으로 어떤 일이 있어도 정치에 직접 관여하지 않겠습니다! 설사 형님이 돌아가셔도 조카가 양위할 수 있도록 최선을 다하겠습니다! 믿으셔도 좋습니다!"

나는 희단 왕자의 흥분한 모습을 처음 봤다. 강태공과 내가 고개를 끄덕이는 가운데 잠시 침묵이 흘렀다. 강태공이 침묵을 깨며 말했다.

"왕자님께서 정 '주역'이라 부르고 싶으시면 이번에 귀국하는 산의생 감성관장을 따라 조선으로 가시면 어떻겠사옵니까? 직접 가셔서 단군 천자님의 허락을 받고 오면 좋을 듯싶사옵니다."

"단군 천자께서 왜 문왕이 직접 오지 않았나 의심하실 수도 있습니다."

내가 우려하자 강태공은 말했다.

"감성관장님도 알다시피 주군의 건강이 좋지 않아서 아사달에 납시는 일은 생각할 수도 없지 않소."

"그럼 희발 세자님이라도 가야 하는 것 아닙니까."

"이렇게 말씀드리면 천자께서도 이해하실 것입니다. 주군의 건강이 너무 안 좋아서……, 세자와 신 같은 책사는 자리를 뜨기가……, 더 말씀드리기가 민망합니다……."

그 때 희단 왕자가 목소리를 낮춰 말했다.

"얼마 전 아바마마께서 각혈하셨다 하옵니다."

그 말을 듣고 강태공과 나는 너무 놀랐다.

"전하, 그게 정말이옵니까? 신도 전혀 몰랐사옵니다."

"허어, 대업이 이뤄지는 것을 보셔야 할 텐데……."

다시 침묵이 흘렀다.

"만일 세자 전하가 등극하면 그때는 왕자님이 대신 아사달에 갈 수 없습니다. 단군 천자가 보시기에 새 왕이 직접 오지 않는 것이 못마땅하실 수도 있고……. 왕자님이 아사달에 가시려면 지금 가셔야 합니다."

강태공이 말하자 내가 제안했다.

"그렇다면……, 이번에 왕자님이 문왕 전하의 친필 서한을 가지고 가면 어떻겠습니까?"

"그거 아주 좋은 생각입니다! 이 늙은이가 그리 상소하겠습니다."

"조선의 상나라 정벌을 간곡히 요청하시면 단군 천자의 마음도 움직일 수 있을 것입니다."

"편지 내용은 이 늙은이가 알아서 하겠습니다. 하지만 문왕께서 글씨나 쓰실 수 있을까 염려되오."

희단 왕자가 일어나고 강태공과 나만 남았다. 그러자 강태공은 나직한 목소리로 말했다.

"감성관장님, 상나라를 멸하는 것은 생각보다 쉬운 일입니다."

"예에? 그게 무슨 말씀인지……."

"어차피 제후들은 서로 먹고 먹히는 관계입니다. 명분만 있으면 모든 제후들이 달려들어 상나라를 맹수처럼 뜯어먹게 만들 수 있습니다."

"주지육림보다 더 좋은 명분이 어디 있습니까?"

"그것 하나로는 약합니다. 적어도 10만 대군을 가진 제일 강한 제후를 공격하기 위해서는 더 강한 명분이 필요합니다."

"그런 명분이……, 과연 있을까요?"

"그 명분을 감성관장님이 만드셔야 합니다."

"빈학이요?"

"그렇습니다."

"하지만 어떻게?"

"하늘의 뜻보다 좋은 명분이 어디 있습니까."

"하늘이 뜻이라면⋯⋯."

"단군 천자님의 뜻이 곧 하늘의 뜻 아니겠습니까."

그날 강태공과 나는 둘이서 밤늦게까지 이별주를 마셨다.

"강태공, 상나라가 10만 대군을 가지고 있다고 했습니다. 제후들에게 차출해 우리도 10만 대군을 확보했다고 가정합시다. 실제로 전쟁이 일어난다면 우리가 과연 이길 수 있을까요?"

주역

이리하여 나는 희단 왕자와 함께 아사달로 돌아오게 됐다. 돌아오자마자 우사가 상나라에서 돌아오는 길에 객사했다는 슬픈 소식을 들었다. 내가 우사의 시신보다 열흘 이상 늦게 돌아왔지만 아직도 아사달에는 침울한 분위기가 남아있었다.

나는 단군에게 상나라에서 겪은 일을 바로 아뢰었다. 하지만 희단 왕자를 단군에게 소개하는 일은 차일피일 미뤄지다가 도착한 후 닷새가 지나서야 가능하게 됐다. 풍백과 운사를 비롯한 문무백관이 늘어선 가운데 단군은 희단 왕자를 접견하셨다. 왕자는 세 번 큰절하고 흰 비단을 꺼내 또렷한 목소리로 문왕의 편지를 읽기 시작했다.

신 희창,

삼가 엎드려 단군 천자님께 문안드리나이다.

탕왕은 주지육림에 빠진 하나라 걸왕을 멸하고 상나라를 세웠습니다.

이는 불의를 멸하고 정의를 추구한 홀달 단군 천자님의 은혜였사옵니다.

신 희창,

배달족으로서 남토에서 화하족의 작은 우두머리 노릇을 하던 차 다시 주지육림에 빠진 상나라 주왕의 폭정을 목도하고 있사옵니다.

홀달 단군 천자님의 은혜를 솔나 단군 천자님도 베푸시기를 바라옵니다.

신 희창,
마땅히 아사달로 올라가 직접 아뢰어야 도리인 줄 잘 아옵니다.
하오나 주왕 때문에 옥고를 치러 몸이 성치 못하옵니다.
언제 이승을 떠날지 몰라 희발 세자도 자리를 뜨지 못하옵니다.

신 희창,
이런 사정으로 아들 희단을 보내 다시 한 번 요청하옵니다.
상나라 주왕을 멸해주소서.
명을 내리시면 저희는 언제든지 참전하겠나이다.

읽기를 마친 희단 왕자는 문왕의 글이 적힌 흰 비단을 곱게 접어 시녀에게 줬다. 시녀로부터 편지를 전해 받은 단군은 편지를 다시 폈다.

"이게 문왕이 직접 쓴 편지렷다? 몸이 매우 불편해서 그런지 글씨에 힘이 없구나. 하지만 내용은 짐을 감동시키고 남도다."

그날 저녁 늦게 희단 왕자와 나는 단군을 찾아뵈었다. 주나라에서 새로 만든 역에 대해 보고를 드리기 위함이었다. 설명을 다 들은 단군이 왕자에게 물으셨다.

"그렇다면 이번 상나라를 공격할 우리 조선의 운세는 어떻게 되는지 맞힐 수 있느냐?"

"천자 폐하께서 친히 산목을 여섯 번 던지시옵소서. 그러면 신이 점괘를 해석해드리겠나이다."

"그게 뭐 어려운 일이겠느냐."

단군은 왕자로부터 산목을 받아 6번을 던지셨다.

"제일 처음에는 음, 두 번째는 양, 세 번째는 양, 네 번째는 음, 다섯 번째는 음, 여섯 번째는 음이 나왔습니다. 그러면 지풍승괘에 해당하십니다."

왕자는 산목 6개로 괘를 만들어 보였다.

그리고 글씨를 써가며 설명했다.

"괘의 이름은 '지풍승괘'이옵니다."

地風升

"아래는 바람이고 위는 땅입니다. 땅 밑에 바람이 있으니 위로 올라가는 괘입니다. 폐하! 아주 대길한 점괘이옵니다. 괘사는 이것 이옵니다."

升元亨用見大人勿恤南征吉

"혹시 이 자리에서 방금 지어낸 것은 아니겠지? 하하하."

왕자는 얼굴이 파랗게 질려 대답했다.

"폐하, 신이 어떻게 감히 천자님을 속이려 했겠습니까. 그것은 죽어 마땅한 죄인 줄 아뢰옵니다."

"짐이 농담 한 번 했느니라, 하하하."

"이제 효사 6줄을 적어 올리겠습니다."

初介怎升大吉
大二孚乃初用禴无咎
大三升虛邑
介四王用亨于岐山吉无咎
介五貞吉升階
上介冥升初于不息々

초육윤승대길

구이부내이용약무구

구삼승허읍

육사왕용형우기산길무구

육오정길승계

상육명승이우부식지정

"폐하, 6줄이나 되는 효사를 어떻게 즉석에서 지어내겠습니까. 의심을 푸소서."

내가 아뢰자 단군은 효사가 쓰인 비단 천을 들고 한 줄 한 줄 읽어보셨다.

"아니, 그러면 문왕이 연산역과 귀장역을 정리해서 육십사괘에 괘사를 달고 그대가 각 괘마다 이렇게 6줄씩 효사를 달았다는 말인가?"

단군이 감탄해서 묻는 말을 듣고 왕자의 표정이 조금 밝아졌다.

"그렇사옵니다."

"그리고 그 괘사와 효사를 다 외우고 있고?"

단군의 목소리에는 조금 전 의심에 대해 미안함이 서려있었다.

"예, 그렇사옵니다."

"그럼 이 효사를 풀어보라."

왕자는 아래와 같이 효사를 해석했다.

초육 : 믿어서 오름이니 크게 길한다.

구이 : 믿어서 이에 간략한 제사를 씀이 이로와 허물이 없다.

구삼 : 빈 읍에 오른다.

육사 : 왕이 기산에서 제사를 지내면 길하고 허물이 없다.

육오 : 바르게 하여야 길하니 섬돌에 오른다.

상육 : 어둡게 오르니 계속하지 않는 것이 낫다.

"그대 이름이 뭐라고 했느뇨?"

"왕자 희단이라 하옵니다."

"짐이 나이가 많아 사람 이름을 일일이 기억하기가 힘들고 그대가 주나라를 대표하는 인재가 틀림없으니 이제부터 주공이라 부르겠노라."

희단 왕자는 감격해 큰절을 올리며 외쳤다.

"천자 폐하, 단은이 망극하옵니다!"

"주공은 어떻게 384줄이나 되는 효사를 만들어 다 외우고 다닌다는 말인고?"

때를 놓치지 않고 내가 왕자를 거들었다.

"그래서 주나라 문왕이 괘사를 썼고 왕자가 효사를 썼으니 '주역'이라고 불러도 괜찮은지 천자 폐하에게 여쭙는 것이옵니다."

단군은 잠시 생각에 잠겼다 말씀하셨다.

"주공은 객사에서 기다리고 있으라."

주공은 단군에게 다시 한 번 큰절하고 시녀를 따라 나갔다. 그러자 단군이 나에게 물었다.

"우사, 정말 '주역' 호칭을 윤허해도 좋겠는가?"

'우사라니?'

내가 깜짝 놀라 단안을 쳐다보자 단군은 당황하며 얼버무리셨다.

"아……, 짐이 감성관장을 곧 공석이 된 우사 자리에……, 그 얘기는 나중에 하고……, 일단 질문에 답하라. 정말 윤허해도 괜찮겠는가?"

"폐하, 주나라 왕족은 물론 강태공까지 모두 배달족입니다. 그러하오니……."

단군이 내 말을 가로막으며 말씀하셨다.

"아, 그렇지! 짐이 그 사실을 잠시 잊었도다. '주역'이라 불러도 어차피 우리 배달족 우주론이 아닌가. 그럼 '주역' 명칭 사용을 윤허하도록 하겠다."

"폐하, 단은이 망극하옵니다."

나는 곧 꿈에 그리던 우사가 된다는 생각과 한시라도 빨리 이 기쁜 소식을 왕자, 아니 주공에게 전하고 싶은 생각에 정신이 하나도 없었다.

4부

상나라를 멸하다

개
천
기
6

단군은 풍백과 운사는 물론 문무백관이 모인 자리에서 나를 우사에 임명
했다. 또한 단군은 주공을 따로 불러 '주역' 호칭을 윤허했음을 통지했다.
주공의 기쁨은 이루 말할 수가 없었다…….

우사가 되다

내가 우사가 된 것은 파격적인 단군의 은덕이었다. 감성관장으로 임명된 지 얼마나 지났는가. 사람들은 물론 나도 놀랐다. 하지만 곧 이유를 알게 됐다. 단군은 우사가 된 나에게 군사 책무를 맡아 운사가 총사를 맡은 상나라 토벌군을 도와주라 명하셨다. 당시 조선에서 상나라와 주나라를 나보다 잘 아는 사람은 없었으니까.

하지만 그래도 무언가 석연치 않았다. 감성관장이라고 군사를 맡지 말라는 법은 없기 때문이었다. 일단 내 나이가 자리와 비교해 너무 어렸다. 나이 스물아홉, 20대에 우사가 된 사람은 배달국 시절 태호복희왕 정도였다. 다른 문무백관들의 질시가 두려웠다. 특히 운사는 어떻게 저런 젊은이와 같이 일하느냐 노골적으로 불쾌감을 표시했다.

어떤 사람들은 내 승진에 제사장의 천거가 주효했다고 쑥덕거렸다. 어쨌든 이번 전쟁에서 군사로서 뭔가 보여줘야 한다는 사실을 본능적으로 깨달았다. 우사로 임명된 날 나는 아래와 같이 선언했다.

"상나라와의 전쟁을 앞둔 만큼 빈도는 오늘부터 모든 개인적 면담과 약속을 거절하고 상나라를 멸할 계책을 마련하기 위해 전념하겠다!"

객사에 머물던 주공의 면담 요청만 승낙했다.

"조선의 우사 어르신! 경하드립니다!"

"주공, 전쟁 준비를 하고 출병하려면 한 달은 걸릴 것 같습니다. 언제 주나라로 돌아가시겠습니까?"

"우사님, 그럼 제가 먼저 출발하면 안 되겠습니까? 마침내 단군 천자가 거병하시고 '주역' 호칭을 윤허하셨다는 소식을 하루빨리 아바마마와 형님께 전해드리고 싶어 미치겠습니다."

"하하하, 그리합시다! 천자 폐하께서 왕자님을 주공으로 호칭하신 것도 잊지 말고 문왕께 전하세요. 얼마나 기뻐하시겠습니까! 빈도가 호위 군사를 붙여드리겠으니 내일이라도 떠나시오!"

이리하여 주공은 다음날 솔나 단군에게 하직 인사를 드리고 아사달을 떠나게 됐다.

그날 저녁 처음으로 우사 관저에 갔다. 집사와 노비들의 인사를 받으며 잘 정리된 집 안으로 들어가니 부모님이 와 계셨다. 나는 두 분을 상석에 모시고 큰절을 드렸다.

"허어, 내가 오래 살려니 삼백의 절을 다 받아 보는구나!"

아버지가 즐거운 목소리로 말씀하셨다.

"의생아, 장하구나! 내 아들……."

어머니는 감격에 겨워 말을 마치지 못하고 눈물을 지으셨다.

내가 부모님 앞에 자리를 잡고 앉자 집사가 하녀들을 시켜 차를 내왔다.

"자리가 소자 분수에 넘쳐 큰일입니다. 나중에 부모님께 폐가 되지 않을까 걱정이옵니다."

"그럴 리가 있느냐. 네가 얼마나 총명한지는 세상 사람이 다 알거늘……. 감성관장 때 온 천하를 돌아다니며 우주를 가르쳐주지 않았더냐."

"아버님, 산속 도장 생활은 어떠십니까?"

"세상에 거기보다 좋은 곳은 없다. 매일 일어나 공부하고 부모님만 공경하면 되니 신선이 따로 없단다."

"국록이 조금 늘었으니 재물이 필요하시면 언제든지 말씀하세요."

"기특하도다. 하지만 감성관장 때 모은 돈으로 충분하단다. 아비 어미 걱정은 접고 이제 오로지 나랏일만 걱정하도록 해라."

"제사장 어르신은 안녕하십니까?"

"제사장님은 요새 나랑 같이 공부하느라고 바쁘시다. 나는 천문을 가르쳐주고 제사장님은 신교를 가르쳐주고……. 제사장님 말씀이 신교도 천문을 잘 알아야 더 잘 이해할 수 있단다."

"그런데 아버님, 일부 사람들이 이번 소자의 승진에 제사장님의 천거가 주효했다고 쑥덕거립니다. 혹시……, 아버님이 제사장님께……, 소자 인사를 부탁하셨습니까?"

나는 아버지에게 조심스럽게 물었다가 불호령을 들었다.

"이놈아! 이 아비가 네 벼슬이나 청탁하고 다닐 사람으로 보이느냐? 아비를 도대체 뭐로 보는 거냐?"

아버지의 큰소리에 집사가 놀라 방으로 들어왔다.

"아이, 여보! 이 좋은 날 왜 큰소리예요!"

어머니 만류에 아버지가 겨우 화를 가라앉히고 집사도 돌아갔다. 아버지는 불같은 성격의 소유자였지만 어머니에게 꼼짝 못 하셨다. 어머니는 마치 물처럼 항상 아버지 불을 꺼버리셨다.

"아버님, 죄송합니다. 소자가 벼락감투를 쓴 것이 석연치 않아서……."

"단군 천자님의 뜻은 곧 하늘의 뜻이다. 이 아비는 능력이 모자라 삼백에 이르지 못했지만 단군 천자님을 원망한 적이 없었다. 삼백 어른들이 모두 일을 워낙 잘하셔서 아비는 기회가 없었고. 하지만 네 경우에는 우사 자리가 마침 비었고 전쟁까지 앞두고 있지 않으냐. 네가 반드시 큰일을 할 수 있다고 단군 천자께서 판단하신 것이니라."

"……."

"얘야, 풍백·우사·운사는 되고 싶다고 되는 것도 아니고 되기 싫다고 안 되는 것도 아니다. 네가 일을 잘하면 다행이고 네가 일을 망치면 더 훌륭한 사람이 나타나 뒤를 이을 명분을 제공하게 된다. 그게 세상의 이치다. 쓸데없는 생각은 모두 접고 오직 네가 이 조선에 뭘 할 수 있는지만 생각해라. 그럼 아비 어미는 집으로 돌아가겠다."

강태공

말씀을 마친 아버지는 자리에서 일어나셨다. 어머니는 조금 더 계시고 싶은 눈치였지만 아버지를 따라 일어나셨다.

"아버님, 시간이 늦었사오니 이 관저에서 주무시고 가시지요. 집 사에게 명해 침소를 마련하겠습니다."

"싫다. 아늑한 산속의 도장을 놔두고 왜 여기서 자느냐? 나는 가 서 상제님이나 모실 테니 너는 상나라를 멸할 궁리나 해라."

잠자리가 바뀌니 잠이 오질 않았다. 새벽녘이 다 돼서야 잠깐 선 잠이 들었는데 머리부터 발끝까지 하얀 노인이 꿈에 나타났다. 노 인은 몹시 못마땅한 얼굴로 나를 쳐다봤다.

"어르신은 누구십니까?"

"이 멍청한 녀석아!"

"멍청하다고요?"

"멍청하지 않고! 하나라를 어떻게 멸했는지 알면 상나라를 멸하 는 일도 쉬운 것 아니냐!"

그 말이 끝나기가 무섭게 노인은 들고 있던 지팡이로 내 머리를 때렸다. 깜짝 놀라 일어나니 정말로 맞은 듯 머리가 아팠다.

'아니, 꿈에 맞았는데 진짜 아플 수가 있단 말인가.'

나는 머리를 어루만지며 생각에 잠겼다.

'그 노인은 누구인가? 하나라가 어떻게 멸했는지 알면 상나라를 멸하는 일도 쉽다?'

결국 나는 뜬눈으로 밤을 새우고 입궐하게 됐다.

오전에 제사장이 갑자기 족자와 대발을 들고 나를 찾아오셨다. 나는 반갑게 달려 나갔다.

"제사장 어르신, 웬일로 속세에 납시었습니까?"

제사장은 손에 비단 둘둘 말은 족자를 하나 들고 있었다.

"네 아버지가 보내서 왔다. 들어가 얘기하자꾸나."

제사장은 들어와 시녀들이 내온 차를 마시기도 전에 족자를 펴 보였다. 거기에는 어젯밤에 나를 때린 노인의 모습이 그려져 있었다!

"아니, 이 노인은……!"

"우사는 혹시 이 노인을 아는가?"

어젯밤 꿈 얘기를 들은 제사장이 탄복하며 말했다.

"기이한 일이로고!"

"기이하다니요?"

"이분이 열흘 전인가……, 꿈에 나타나 너를 꼭 우사가 되도록 천거하라고 말씀하셨단다. 그래야 상나라를 쉽게 멸할 수 있다는 게야."

'아, 아버님이 부탁한 게 아니었구나.'

"이분이 도대체 누구신가요?"

"유위자 대선인이시라네."

"예? 유위자 대선인이라면……, 흘달 단군 천자님을 도와 하나라를 멸한……."

"바로 그분이시지."

'이게 무슨 조화인가!'

나는 입을 다물지 못했다.

"대선인께서 돌아가신 후에도 조선을 걱정하시는 듯하네."

"……."

"마침 대선인이 남긴 대발이 교당에 있어 가지고 왔네. 혹시 이번 상나라 정벌에 도움이 되지 않을까 하고. 물론 궁전 도서관에도 대선인 자료가 많이 있겠지만 우리 신교에서 전해지는 것은 뭔가 다르니까……."

"이런 게 어떻게 교당에 있나요?"

"대선인께서 말년에 우리 백악산 도장에서 머무셨다고 하네. 그때는 소밀랑이 아사달이었으니까 우리 교당은 작고 조용했었는데 지금은……. 그건 그렇고, 일이 끝나면 대발은 꼭 돌려주게. 우리 교당 재산이니까."

제사장은 족자를 들고 있었났다.

"이왕 입궐한 김에 천자님이나 뵙고 가야겠네. 가서 우사 꿈 얘기를 하면 좋아하시겠지?"

전쟁에 참가하다

며칠 뒤 나는 풍백·운사와 함께 솔나 단군에게 보고를 드렸다.

"……빈도는 이번 전쟁에 우리 진조선의 군대는 전혀 동원할 필요가 없다고 확신하게 됐사옵니다! 번조선 군대 1만 명만 빈도에게 주시면 반드시 상나라를 멸하겠습니다!"

"아니, 우사! 제정신이오?"

내 보고를 들은 운사가 놀라 외쳤다. 나도 놀라 운사를 바라보자 언성을 더욱 높였다.

"아무리 상나라가 기울었어도 군대 10만이 있다 하오. 전쟁이 시작되면 금방 20만 대군 편성도 가능할 것이고. 그런데 겨우 번조선 군대 1만 명만 데리고 가겠다고? 우사가 너무 어려서……."

그러자 풍백까지 거들었다.

"우사, 전쟁이 애들 장난인 줄 아시오? 어느 안전이라고 함부로 말하시오!"

"단군 폐하, 만일 실패하면 신을 참하시오소서! 신은 반드시 상나라를 멸해 보이겠나이다. 단, 폐하께서 8장의 편지를 써주셔야 하옵니다!"

묵묵히 듣고만 있던 단군이 물었다.

"짐더러 8장의 편지를 쓰라고? 상나라를 멸할 수만 있다면 백장이라도 써 주겠노라. 우사는 어서 계책을 설명하라."

"예, 폐하. 강태공의 가르침과 며칠 전 빈도가 본 유위자 대선인의 대발을 보고 답을 찾았사옵니다. 제후들은 몰래 사병을 키울 수밖에 없습니다. 빈도가 조사해본 결과 상나라 주위 여덟 제후국의 병력을 모두 합치면 능히 20만이 넘을 것 같습니다. 폐하께서 여덟 제후에게 상나라를 멸하면 차출된 병력 수에 비례해서 땅을 나눠주겠다고 편지를 써주시는 것입니다. 그러면 제후들이 앞다퉈 참전할 것입니다. 그리고 이는 대단군의 명입니다. 어느 제후가 감히 명을 어기겠습니까."

단군이 무릎을 '탁' 치며 외치셨다.

"묘수 중의 묘수로다! 역시 유위자 대선인은 대단하구나!"

풍백이 여전히 못마땅한 표정을 지은 채 물었다.

"그런데 강태공이 누구요?"

내가 간단히 설명하자 풍백이 계속 물었다.

"강태공의 가르침이 구체적으로 무엇이오?"

"강태공은 상나라를 멸하는 것이 생각보다 쉬운 일이라고 했습니다. 어차피 제후들은 서로 먹고 먹히는 관계여서 명분만 있으면 모든 제후가 달려들어 상나라를 맹수처럼 뜯어먹게 할 것이라고 했습니다. 그런데 그 명분을 만들 수 있는 사람은 단군 천자 한 분밖에 없다고 주장했습니다."

"허어, 그런 훌륭한 사람이 있으면 진작 아사달로 모셔왔어야 옳은 것 아니오?"

내가 다시 자초지종을 설명하자 풍백은 많이 누그러졌다. 하지만 운사가 여전히 퉁명스러운 목소리로 물었다.

"우리 군대가 출전하지 않으면 누가 총사를 맡는가요? 혹시 우사가 이번 전쟁의 총사를 맡겠다는 말인가요? 우사는 무인이 아니지 않소?"

"그 점도 면밀하게 검토했습니다. 이번 전쟁에 꼭 우리 조선에서 총사가 나올 필요는 없다는 결론을 얻었습니다. 오히려 제후 중 한 명이 총사를 맡아야 명분이 더욱 좋은 것 아닙니까. 다만……, 제후들이 공동으로 참전한다면 모두 같은 자격이어서 군율이 서지 않는다는 단점이 예상됩니다. 가장 좋은 방법은 제후 중 하나를 단군 폐하께서 총사로 임명하시는 것입니다. 그러면 자연스럽게……."

단군은 신이 나서 내 말을 가로막으며 물으셨다.

"너무 좋은 생각이로다, 좋은 생각이야! 우사가 바둑을 잘 두더니 역시 고수로고! 그럼 누구를 총사로 임명해야 하는가?"

"그야 당연히 주나라 문왕이옵니다. 이 문제를 가지고 폐하에게 직접 상소한 제후는 문왕이 유일하지 않사옵니까. 나머지 제후들은 주왕과 그럭저럭 잘 지내서 상나라를 칠 명분도 없사옵니다. 하지만 문왕은 나이도 제일 많고, 주왕 때문에 옥살이도 했고……."

내 편으로 조금 돌아선 듯 보이던 풍백이 다시 물었다.

"그런데 제후 총사 아래 천자국 조선의 우사가 군사를 맡는다? 모양이 조금 이상하지 않소?"

"아닙니다. 문왕이 총사가 되면 강태공이 군사를 맡아야 영이 서고 자연스럽습니다. 빈도는 이번 전쟁에서 단지 단군 폐하가 같이 한다는 명분을 만드는 역할만 하면 됩니다."

"강태공이 실전에서 군사를 맡을 능력이 있다고 보시오?"

"이번에 주나라에 갔을 때 그가 쓴 '육도'라는 전략서를 빈도 눈으로 똑똑히 봤습니다.

운사가 여전히 심술궂은 목소리로 말했다.

"그러면 이 운사도 안 가는데 우사는 무엇 하러 가시오? 아예 임나 부단군에게 전쟁을 맡기면 되지."

"그렇지 않습니다. 방금 말씀드렸지만 신이 가야 단군 폐하의 전쟁이 되지 않습니까. 번조선의 1만 군대 역시 명분 때문에 필요한 것입니다. 그리고 어떤 변화가 있을 때 단군 폐하의 허락을 받으려면 여기 아사달을 다녀가야 하니까 시간이 너무 걸립니다. 반드시 단군 폐하의 명을 받은 삼백 중 하나가 전장에 있어야 한다고 생각합니다."

"어떤 변화요? 단군 폐하의 명을 받아야만 할 변화가 무엇이 있습니까? 어디 예를 한 번 들어보시지요."

"여러 가지 경우를 생각해봤습니다. 예를 들면……, 가장 안 좋은 경우는……, 연로한 문왕이 전쟁 중 갑자기 서거할 수도 있습니다. 그럼 제후들은 총사 자리를 놓고 반드시 반목할 것입니다. 그때 여기 아사달까지 윤허를 맡으러 올 수는 없습니다."

마침내 운사도 입을 다물었다.

"우리 조선의 군대가 피를 흘리지 않고 전쟁에서 이길 수 있다면 그것보다 상책은 없을 것이오! 짐은 우사를 믿노라! 우사가 제후들에게 보내는 짐의 편지도 대신 쓰도록 하라! 이번 전쟁에 관한 모든 일을 우사가 결정하라!"

마침내 단군이 결론을 내리자 풍백은 물론 운사도 수긍했다.

단군은 나만 남겨놓고 새로 가져온 뜨거운 차를 권하셨다.

"제사장이 상제님의 뜻이라며 우사를 적극적으로 천거한 이유를 짐이 이제야 알겠노라."

"……."

"짐도 처음에는 제사장이 우사 부친과 워낙 친해서 천거하는 것으로 오해를 했다. 하지만 명분도 그리 나쁘지 않고 전쟁도 닥쳐서 풍백과 운사의 반대를 무릅쓰고 임명을 강행했는데 짐이 정말 잘 내린 결정이었도다."

"단은이 망극하옵니다."

"제사장에게 들은 바 저승에 계신 유위자 대선인께서 이승의 전쟁을 도와주시는구나. 우사는 풍백과 운사를 너무 탓하지 말라. 젊은 우사가 임명되면 자기들이 물러나야 한다는 강박관념을 갖게 되는 것이니……. 그건 그렇고 짐이 한 가지 궁금한 것이 있노라."

"……."

"우사는 왜 그렇게 주나라를 감싸고도는가? 혹시 특별한 이유가 있느뇨? 짐은 우사의 뜻을 따라 '주역' 명칭도 윤허했거늘……."

"폐하, 빈도처럼 공부하는 사람은 구도자의 자세를 가진 사람을 지지할 수밖에 없사옵니다. 빈도는 문왕, 주공, 강태공 이런 사람들이 무식한 주왕 같은 놈에게 휘둘려 사는 꼴을 도저히 봐줄 수가 없나이다."

"허어, 그럼 공부를 게을리하는 짐도 우사 눈에는 차지 않겠구나."

"아, 아니옵니다! 폐하께서는 하도를 논하시고 개벽을 얘기하셨습니다. 폐하의 학문은 빈도를 넘어서옵니다."

"허어, 농담이니라. 짐이 우사를 넘을 수야 없지, 하하하."

"……."

"하지만 짐도 우사가 미처 생각 못 하는 문제를 보고 있는 것 같도다."

"그것이 무엇이옵니까?"

"전쟁에 이겨서 주나라가 너무 강성해지면 나중에 문제가 된다는 점을 우사는 생각했는가?"

나는 단군의 냉엄함에 탄복하지 않을 수 없었다.

'아, 폐하는 거기까지 생각하고 계셨구나! 그렇지, 천자는 역시 천자야!'

"폐하, 빈도 거기까지는……."

"제후국이 강성하면 조선에 좋을 것이 없느니라."

"……."

"그래서 말인데……, 문왕이 현명하다면 강성해진 주나라를 봉건제로 다스리도록 해야 할 것이니라."

"봉건제가 무엇이옵니까?"

단군은 봉건제에 대해 꽤 오랫동안 말씀하신 후 덧붙이셨다.

"짐의 뜻을 일단 강태공과 주공에게 전하라. 그들은 현명하니 문왕을 잘 설득할 것이니라."

주나라 무왕

위수 장군이 지휘하는 번조선 1만 군대와 주나라에 도착하니 풍경 변두리부터 여기저기 흰색과 검정색 천들이 걸려 있었다! 군대를 강가에 주둔시키고 우사 깃발을 든 호위 병력 십여 명과 함께 성으로 말을 타고 서둘러 갔다. 성문 수비 장교가 깃발을 보고 내가 누군지 알아차렸다.

"우사 어르신, 문왕 폐하께서 승하하셨습니다."

'걱정했던 일이 벌어졌구나.'

연락을 받고 강태공과 주공이 달려 나왔다. 나는 두 사람 손을 연달아 잡으며 위로했다.

"상심이 크셨겠습니다, 주공."

"강태공, 이제 어찌합니까."

주공의 눈에는 눈물이 글썽였다.

"아바마마께서 결국 옥고 후유증 때문에 열흘 전에 돌아가셨습니다. 아바마마께서는 임종 때 힘에 겨운 나머지 말도 제대로 못 하셨습니다. 하지만 저는 뚜렷이 기억합니다. '아, 과인이 태공망을 모셔놓고도 뜻을 이루지 못하는구나. 하늘이 이 희창에게는 기회를 주지 않는구나' 하시며 깊이 탄식하셨습니다. 그리고 형님을 보고 '희발아, 이 못난 아비의 꿈을 꼭 대신 이루도록 해라.' 말씀하시더니 힘없이 고개를 떨어트리셨습니다."

강태공이 말했다.

"순간 궁궐 안은 울음바다가 됐소. 그래도 '주역' 명칭을 단군께 윤허 받았다는 기쁜 소식을 듣고 가셔서 가슴이 조금이라도 덜 아픕니다."

"그러셨군요. 빈도가 열흘만 일찍 왔어도 임종을 지켜봤을 텐데……"

배석하고 있던 금석 장군도 나에게 인사를 했다. 그리고 내가 데리고 온 번조선 위수 장군과도 부둥켜안으며 반갑게 인사했다.

문왕이 서거한 지 열흘이 지났는데도 풍경의 주나라 백성들은 남녀노소를 가리지 않고 땅을 두드리며 대성통곡하고 있었다. 하지만 상나라의 눈치를 보느라 인근 제후들은 그때까지 아무도 문상을 오지 않았다.

안으로 들어가 주나라 2대 무왕이 된 희발을 만났다.

"언제까지 슬퍼만 할 수는 없소이다! 돌아가신 아바마마의 원수 상나라 주왕을 맹세코 이 손으로 처단할 것이요!"

그는 기회만 있으면 이를 갈며 말했다. 슬픔에 빠진 와중에도 무왕은 나를 융숭하게 대접했다. 그날 밤 무왕이 나를 불렀다. 무왕과 주공과 강태공이 나를 기다리고 있었다.

"단군께서 '주역' 명칭을 윤허하는데 우사님의 도움이 컸다고 아우에게 들었소. 돌아가신 아바마마의 명예를 드높여주신 우사님께 어떻게 감사를 드려야 할지 모르겠습니다."

"빈도는 당연한 일을 했을 뿐입니다."

무왕이 나에게 차를 권하며 말했다.

"과인은 상나라를 멸망시킬 때까지 술을 끊기로 했습니다. 차나 드시면서 이번 전쟁에 대해 고견을 주셨으면 하오."

나는 가지고 간 단군 천자의 서신 8개를 꺼내 보였다.

"단군 천자의 봉인이 찍힌 서신들입니다."

"서신? 누구에게 보내는 것입니까?"

"상나라와 인접한 제후들에게 내리시는 서신입니다."

"우리 주나라에 주시는 것은 없고요?"

"당연히 없지요. 서신 내용은 주나라 문왕의 충정과 억울함을 단군 천자께서 대신 전하시는 내용이니까요……."

자초지종을 들은 무왕과 주공과 강태공의 표정이 밝아졌다.

"……모두 강태공의 가르침을 받고 한 일입니다. 이번에 8명의 사신이 빈도와 함께 왔습니다. 내일 모두 서신을 가지고 8명의 제후에게 따로따로 떠나게 될 것입니다."

"그런데 전쟁을 치르려면 총사가 있어야 하지 않겠소? 제후들이 모두 각자 움직이면 단결이 되지 않아……."

강태공이 조심스럽게 물었다.

"서신에 주나라 문왕에게 총사를, 강태공에게 군사를 위임한다고 명시하셨습니다. 하지만 상을 당하셨으니 당연히 전하께서 총사를 맡아야지요. 그 부분을 분명히 하기 위해 빈도 이름으로 편지를 추가할 예정입니다……."

나는 편지 내용을 자세히 설명했다.

"단군 천자님께서 돌아가신 아바마마와 과인의 체면까지 세워 주셨습니다. 이를 어찌 감사드려야 하나요."

설명을 다 들은 무왕은 자리에서 벌떡 일어나더니 아사달이 있는 북쪽을 향해 큰절을 세 번 하며 외쳤다.

"단군 폐하, 신 희발 뜻을 받들어 맹세코 상나라를 멸망시키겠사옵니다."

주공과 강태공과 나도 엉겁결에 따라 일어나 큰절을 올렸다. 모두 자리에 다시 앉자 무왕이 물었다.

"그럼 언제 군대를 일으키게 되오?"

"그야 총사의 명령에 달렸지요. 전하께서 결정하시는 날 상나라를 공격하게 될 것입니다. 마침 덥지도 춥지도 않은 초가을이어서 제후들이 군대를 움직이기에 너무 좋은 계절입니다. 추수를 앞두고 있어 군량미 걱정도 덜 것입니다. 겨울이 오기 전에 최대한 빨리 상나라를 치셔야 합니다. 전쟁이 몇 달 갈 수도 있으니까……."

그러자 주공이 끼어들었다.

"형님마마, 이 아우가 '주역'으로 택일하겠나이다."

"그러자꾸나. 하지만 아무리 길일이라도 제후들의 군대가 이동할 시간을 고려해야 한다. 최소한 보름은 걸릴 것이다."

무왕은 결심한 듯 차를 단숨에 들이켰다.

열흘이 지나자 놀라운 일이 일어났다. 여나라 왕이 문상을 온 것이었다. 무왕이 한걸음에 달려 나가 문상객을 맞이했다. 문상을 마친 여왕을 강태공과 내가 맞이했다.

"조선의 우사님을 직접 봬 영광이로소이다!"

몸집이 비대한 여왕이 호기로운 목소리로 나에게 목례하며 먼저 인사했다.

"자랑스러운 여파발의 후손 여왕님을 이처럼 직접 뵙게 돼 빈도의 영광입니다!"

나도 고개를 숙이며 답례했다.

"이번에 단군 천자님의 서신을 받잡고 결단을 내렸습니다. 단군 천자께서 상나라를 버렸다 하심은 곧 하늘도 상나라를 버렸다는 뜻이오. 우리 여나라는 모든 젊은이를 징집해 2만 군사를 모으고 있습니다. 이제 총사 무왕의 명령만 있으면 바로 상나라를 치겠습니다."

무왕이 여왕에게 감사의 말을 건넸다.

"상나라 주왕은 아바마마를 돌아가시게 만든 원흉입니다. 아바마마의 원수를 갚는데 여왕께서 군사를 내주시겠다니 그 은혜를 어찌 갚아야 할지 모르겠습니다."

"허어, 이웃 좋다는 게 무엇입니까. 이렇게 어려울 때 서로 돕고

사는 것 아니겠습니까, 하하하."

여왕은 호탕하게 웃었다.

'얼마 전까지 문상도 안 왔던 제후가……. 역시 단군 폐하의 서신 힘이란 대단하구나.'

그때 금석 장군이 급히 보고를 올렸다.

"전하, 고죽국 왕께서도 문상을 오셨습니다!"

무왕은 신이 나서 여왕을 보고 말했다.

"그래? 여왕님은 우사님과 말씀을 나누고 계시오. 과인이 여왕님을 맞을 때처럼 직접 나가 고죽국 왕을 마중하리다."

여왕은 커다란 몸집을 일으키며 말했다.

"아니오! 과인도 고죽국 왕을 만난 지 꽤 오래됐소. 반가운 일이니 같이 나갑시다!"

이리하여 강태공과 나도 같이 문상객을 맞이하기 위해 일어섰다. 내가 강태공에게 나직하게 말했다.

"아마 여덟 나라 제후나 사절이 모두 문상을 올 것입니다. 정세도 파악하고 전후 약속도 다져야 하니까……."

강태공이 미소를 띠며 고개를 끄덕였다. 문왕이 서거하고 처음으로 강태공이 웃는 모습을 보였다.

예상대로 이틀 안에 여덟 나라의 제후 또는 재상이 모두 모였다.

"상중이어서 과인이 금주를 맹세했으나 이렇게 귀한 이웃들이 모두 모였으니 그냥 넘어갈 수는 없소이다! 잠시 슬픔을 잊고 우리 모두 잔을 높이 듭시다!"

무왕이 권하자 여덟 나라의 손님들이 모두 잔을 들었다.

"우리 기필코 악귀 같은 상나라 주왕을 멸합시다! 자, 모두 맹세의 잔을 들이키시오!"

무왕의 외침 아래 모두 술을 들이켰다.

목야 전투

문왕이 서거하고 2달이 지나자 무왕은 동맹국 제후들에게 진격 명령을 내렸다. 무왕 자신이 주나라 군사 1만과 번조선 군사 1만을 이끌고 막 출발하려고 하는데 두 노인이 나타나 무왕이 탄 백마의 고삐를 잡으며 막았다. 장졸들이 황급히 두 노인을 체포해 무왕 앞에 무릎을 꿇게 했다.

"네 놈들은 누구냐?"

무왕이 묻자 한 노인이 담담하게 대답했다.

"우리는 고죽국의 왕자인 백이와 숙제 형제요. 상나라 주왕이 비록 폭군이긴 하나 천자국 조선이 인정한 제후 중의 제후입니다. 조공을 바치던 제후가 주지육림을 핑계로 주왕을 치는 일은 옳지 못합니다. 무왕께서는 이번 출정을 거둬주소서."

"무엇이라고? 단군 천자의 명을 받아 천하를 바로잡는 출정을 하는데 그게 무슨 개소리냐! 여봐라, 이 두 놈을 어서 참하라! 이번 전쟁의 제물로 삼아야겠다!"

무왕이 노기등등해 외치자 강태공이 만류했다.

"주군, 백이와 숙제는 도덕을 숭앙하는 의로운 형제로 알려져 있습니다. 형제를 참하면 전쟁을 앞두고 재수가 없을지도 모르니 목숨만은 살려주소서."

"전하, 그리하시지요."

나까지 거들자 무왕은 한참 동안 분을 삭이다가 명했다.

"이 두 놈을 우리 주나라 국경 밖으로 내다 버려라."

나중에 안 얘기지만 추방된 두 형제는 이후 수양산에 들어가 고사리를 캐 먹다가 죽었다고 한다.

무왕의 군대는 며칠 만에 파죽지세로 상나라의 군대를 무찌르며 황하의 나루터 맹진에 이르렀다. 맹진에서 일부 제후들과 합세해 5만 군대가 새로 편성됐다. 하지만 며칠 동안 비가 억수같이 내려 진군을 막았다.

"군사, 이거 흉조가 아니오? 웬 가을비가 이리도 억세게 내린단 말이오?"

무왕이 묻자 강태공은 점을 치더니 말했다.

"주군, 아니옵니다! 이는 잠시 창과 칼을 씻으며 흥분을 가라앉히고 다음 전투를 준비하라는 길조입니다!"

"아우 주공을 데리고 올 걸 그랬소. 아우는 전쟁과 거리가 먼 사람이라 데리고 오지 않았는데⋯⋯. '주역' 점괘까지 그렇게 나오면 확실히 믿을 텐데⋯⋯."

"전쟁과 거리가 먼 빈도도 따라왔는데 왜 주공을 끝내 데리고 오지 않으셨습니까?"

내가 묻자 무왕이 나직한 목소리로 대답했다.

"우사님이 같이 계셔야 단군 천자님이 우리와 같이한다고 말할 수 있을 것 아닙니까. 하지만 주공 아우는 그렇지 않습니다. 만일 과인이 잘못되면 아우가 주나라를 이어야 할 것 아니오.”

'아, 나는 전쟁이 질 경우를 전혀 생각하지 않고 있었구나.'

내가 수긍하고 입을 다물자 강태공이 말했다.

“주군, 방금 귀장역이 아니라 ‘주역’으로 점을 쳤나이다.”

“아, 그렇소? 군사가 ‘주역’을 안단 말이오?”

“신이 매일 주공과 같이 ‘주역’을 공부하지 않았습니까. 이제 신도 ‘주역’을 꽤 잘 압니다.”

“그럼 군사 말을 믿겠소, 하하하.”

무왕은 유쾌하게 웃었다. 옆에 있던 다른 제후들이 따라 웃는 바람에 지휘부 막사의 분위기가 밝아졌다.

“정말 점괘가 그렇게 나왔습니까? 빈도 점괘에는…….”

강태공과 단둘이 있을 때 내가 묻자 강태공이 내 입을 막았다.

“점괘가 불길하다고 해서 행군을 막을 수는 없소. 하늘의 뜻을 수행하고 있는 우리에게 점괘란 의미가 없는 것이외다.”

“……”

“세상을 바꾸는 것은 점괘보다 사람의 의지입니다!”

마침내 상나라 도읍지 근처 목야에 이르렀다. 상나라의 10만 군대가 연합군의 길목을 막아섰다. 일촉즉발의 상황에서 대치가 이어지던 어느 날 갑자기 적군 후방이 어지러워졌다.

"이게 무슨 일이오?"

지휘탑에서 적군을 바라보던 무왕이 강태공에게 물었다. 그가 미소를 머금고 대답했다.

"주군, 상나라 군대는 오합지졸이옵니다. 노비들을 총동원해 숫자를 20만까지 늘렸다고 하옵니다. 그래서 신이 세작들을 보내 노비들에게 일렀습니다. 만일 이번에 우리 주나라를 돕는다면 모두 노비를 면하게 해주겠다고 말입니다. 그래서 봉기가 일어난 것 같사옵니다."

그 말을 듣고 지휘탑에 올라와 있던 제후들이 모두 감탄했다.

'어쩐지……, 나까지 따돌리고 몇몇 장졸들과 속닥속닥한다 했더니…….'

나는 강태공을 바라보며 빙긋이 웃어 보였다.

"뭘, 그런 걸 가지고…….'

강태공은 쑥스러운 듯 고개를 돌리더니 무왕에게 아뢰었다.

"주군, 때를 놓치지 마시오소서! 어서 빨리 진격 명령을 내리시오소서! 노비들의 봉기가 일어났을 때 앞뒤에서 적을 쳐야 하옵니다."

무왕은 신이 나서 칼을 빼 적군을 가리키며 '진격하라'를 외쳐댔다. 연합군이 들이닥치자 혼란에 빠진 적군은 대항은커녕 도망가기 바빴다. 적의 10만 군대가 일시에 허물어지는 모습은 한마디로 장관이었다! 상나라 군사 수만 명의 피가 강이 돼 흐른 목야 전투는 그렇게 허무하게 끝이 났다.

상나라의 다른 쪽 국경에서도 전황은 마찬가지였다. 제후들은 상
나라 장졸들을 도륙하며 파죽지세로 은허까지 밀어붙였다. 마침내
아비규환으로 변한 은허에 무왕과 제후들이 속속 도착했다. 궁궐의
문들은 모두 활짝 열려 있었다. 무왕과 제후들은 연합군 장졸들의
우레와 같은 만세 소리를 들으며 당당하게 입성했다.

장졸들이 20여 명의 포로를 데리고 와 무왕과 제후들 아래에 일
렬로 꿇어 앉혔다. 금석 장군이 큰소리로 보고했다.

"주왕 거처 가까이에 있는 감옥에 남아있던 자들이옵니다."

"아니, 왕의 거처에 감옥이 있다?"

강태공이 설명했다.

"주왕은 감옥에 가서 죄수들을 골리는 일을 즐겼다고 하옵니다.
저 사람들은 모두 죄가 없을 것입니다. 모두 방면하는 것이 옳은 줄
아뢰옵니다."

나는 강태공과 함께 포로들의 얼굴을 하나하나 살폈다. 머리가
헝클어지고 피가 묻어 누군지 알아보기가 쉽지 않았다. 하지만 나
는 곧 주왕의 숙부 기자와 그의 이복동생 미자를 찾아냈다. 강태공
이 절규했다.

"그대는 기자 선생 아니오! 당신은 비간 어른처럼 주왕에게 진언
을 하기는커녕 미친 척하고 도망 다니지 않았소? 그러고도 죄가 없

다고 할 것이오?"

기자는 고개를 숙인 채 말이 없었다.

주왕의 최후

우리는 호사스러운 주왕의 거처 앞에서 타다 남은 장작더미를 발견했다. 그 위에는 형체를 알아볼 수도 없도록 시커멓게 탄 시체 대여섯 구가 놓여 있었다. 위수 장군이 주승이라는 상나라 책사를 포승으로 묶어 무왕 앞에 꿇어 앉혔다. 무왕은 고개를 숙이고 있던 주승에게 물었다.

"네 이놈, 네가 끝까지 주왕 곁에 있었느냐?"

주승은 고개를 들고 무왕을 바라보며 절규했다.

"무, 무왕 전하! 사, 살려주시오! 신은 주군에게 끝까지 충성을 다했을 뿐이오."

"그래, 주왕이 지금 어디 있느냐?"

"주, 주왕 전하는 대세가 기울었음을 알고 이쪽으로 오셨습니다. 녹대에 올라가 사방에서 밀려오는 연합군을 보고 더 도망칠 곳이 없다고 생각했습니다. 그리고 소신에게 당부하셨습니다."

강태공이 끼어들었다.

"그래 너에게 뭐라 당부했느냐?"

"지, 짐이 신하들의 말을 듣지 않아 이 지경에 이르렀으니 이제 방법이 없다. 적이 들이치면 이 천자는 견딜 수 없는 치욕을 겪게 될 것이다. 그러느니 차라리 달기와 함께 불에 타 죽을 것이다. 시체가 남으면 무슨 짓을 할지 모르니 우리를 바싹 태우거라……."

주승이 말을 잇지 못하자 내가 분노했다.

"뭐? 자기가 스스로 천자라고 했단 말이냐? 과연 죽어 마땅한 놈이로다! 그래, 이 시체들이 주왕과 달기, 신하들이냐?"

주승은 고개를 끄덕였다.

전쟁할 때보다 끝난 뒤가 더 힘들었다. 옛날 하나라가 망했을 때도 마찬가지였으리라.

"도대체 우리가 왜 싸웠단 말이오. 우리도 상나라 땅을 나눠주시오."

제후들은 모여 앉아 무왕에게 전리품을 요구했다. 어찌 보면 이는 지극히 당연한 일이었으나 아무도 양보를 하지 않는 바람에 분위기가 살벌해졌다.

"빈도는 조선의 우사 산의생이오. 빈도가 원칙을 정하겠소이다. 일단 총사를 맡은 주나라 무왕께서 은허를 점령하고 다른 제후님들은 자기 영토에서 가장 가까운 상나라 영토를 맡도록 합시다. 자, 여기 작전지도를 보시지요……."

결국 내가 나설 수밖에 없었다. 나는 지도에 제후별로 차지할 영역을 합리적으로 그려줬다.

"……그러면 빈도가 아사달로 돌아가 단군 천자의 재가를 맡겠소이다. 더 이상 불만 없지요?"

분위기가 겨우 진정됐다.

"그러면 빈도에게 시간을 주시오. 한 달 안으로 단군 천자의 승낙서를 모든 제후님께 보내드리겠소."

무왕이 마무리했다.

"제후님들, 모두 앞에 놓여있는 잔을 듭시다!"

일부 제후들은 불만이 남아있는 듯했지만 결국 무왕의 제의를 따랐다.

"이제 천자국 우사님이 지도에 그려준 각자의 영역에 군대를 남겨놓고 모두 고향으로 돌아가도록 합시다. 우리가 불의를 바로잡고 상나라 주왕에게 천벌을 주려고 거병한 것 아닙니까? 우리 모두 초심으로 돌아가서 모양 좋게 건배하며 전쟁을 끝냅시다. 전쟁이 끝나고 일어난 약탈이나 방화 같은 일들은 모두 불문에 부치겠습니다. 자, 모두 건배!"

"건배!"

이리하여 상나라와 제후들 사이 전쟁은 대단원의 막을 내렸다.

며칠 후 나는 강태공과 함께 비간의 묘소에 가 목놓아 울었다. 우리는 묘소를 크게 새로 만들라고 명을 내린 후 저녁에 주공을 만났다. 우리는 밤이 깊도록 봉건제에 대해 논의했다.

"……상나라는 대부분 백성이 배달족이었지만 주나라는 화하족 백성이 더 많소이다. 나도 봉건제가 우리 주나라를 더 안정되게 만들 수 있다고 동의하오. 이번에 큰 공을 세운 장군 몇 명도 제후로 만들어주면 무왕에게 충성을 다할 것이오. 하지만 마치 이 늙은이도 제후로 만들어달라는 말처럼 주군에게 들릴까 봐 말씀을 못 드리겠소. 곧 세상을 하직할 이 늙은이가 무슨 욕심이 더 있겠소. 내 입장을 고려해주시오."

나는 주공을 쳐다봤다.

"제가 나서보겠습니다. 단군 천자께서 저를 주공, 우리 역을 '주역'이라고 부르는 것을 윤허하셨습니다. 이보다 큰 은혜가 어디 있겠습니까. 그렇다면 우리 주나라도 천자께 은혜를 갚아야 하지 않겠습니까. 나는 천자의 뜻을 따를 것이오."

"그럼 주공이……"

"제가 형님마마에게 말씀을 드리겠습니다."

"고집이 센 주군께서 과연 주공의 건의를 받아들일까요?"

"아닙니다, 형님마마도 이번 전쟁을 치르며 지병이 도져 요즘 몸과 마음이 매우 쇠약해지셨습니다. 거의 매일 악몽에 시달리고 있습니다. 옛날의 형님마마가 아닙니다."

"그게 정말이오?"

"어쨌든 목하 전투에서 수만 명의 상나라 장졸이 죽었고 우리 연합군 군사도 만 명 가까이 목숨을 잃었습니다. 어찌 후환이 없겠습니까. 꿈에 피투성이가 된 상나라 주왕이 나타나 원수를 갚겠다고 말했답니다."

강태공이 끼어들었다.

"그건 소신도 마찬가지입니다. 요즘 꿈자리가 영 뒤숭숭합니다. 하루라도 빨리 엄숙한 위령제를 지내 원혼들을 달래고 백성들의 민심을 수습해야 할 것입니다.

강태공

풍백이 되다

세월은 덧없이 흘렀다. 상나라가 망한 지 6년이 지난 단기 1218년 어느 날 풍백이 돌아가셨다. 솔나 단군의 두터운 신임 덕분에 내가 35세의 젊은 나이로 풍백 자리를 잇게 됐다. 풍백이 된 후에 한 달이 채 지나지 않아서 주나라 사신이 아사달로 왔다.

"처, 천자 폐하, 주, 주나라 무왕이 서, 서거했사옵니다!"

숨이 차 헐떡이며 보고하는 사신의 말을 들은 문무백관들은 모두 놀라 한마디씩 했다.

"아니, 그 젊고 용감한 무왕이……."

"허어, 이게 웬 날벼락이란 말인가."

"여보시오, 사신 선생. 무왕이 왜 돌아가셨소? 어서 자세히 아뢰시오."

진정을 되찾은 사신은 무왕이 닷새 전에 세상을 떴노라 전했다. 무왕이 지병이 있다는 사실을 알고 있던 나는 별로 놀라지 않았다. 사신이 풍경에서 아사달까지 닷새 만에 왔다는 사실이 더 놀라웠다.

'전령들이 말을 타고 밤낮을 가리지 않고 죽으라고 달려왔구나.'

"허어, 짐의 뜻을 잘 따르던 무왕이 죽었다니 가슴이 아프도다! 그래, 후사는 누가 이어가느냐? 주공인가?"

단군이 묻자 사신은 대답했다.

"소신은 거기까지는 모르옵니다. 일단 천자 폐하에게 한시라도 빨리 소식을 전하고자 달려왔을 뿐이옵니다."

그러자 단군이 나를 쳐다보며 말씀하셨다.

"제후의 장례에 짐이 갈 수는 없고……, 역시 주나라와 인연이 깊은 풍백이 다녀오셔야겠소."

"단명을 받잡겠사옵니다."

나는 단군의 명이 너무 반가웠다.

'그렇지 않아도 강태공과 주공의 안부가 궁금했는데…….'

이리하여 나는 주나라를 다시 방문하게 됐다.

'가만있자. 무왕의 아들 희송 세자가 열 살을 막 넘었을 텐데……. 그럼 주공이 왕위를 이어받게 되나?'

마차를 타고 주나라로 가는 보름 동안 내내 나는 궁금했다.

내가 솔나 단군 대신 참석하면서 무왕의 장례식이 일단 공식적으로 끝나게 됐다. 그날 저녁 강태공과 주공은 나에게 감사한다며 조촐한 주안상을 마련했다. 세 사람 모두 밀린 얘기가 얼마나 많았는지 음식에는 거의 손을 대지 않았다.

"……풍백님, 형님마마가 저에게 뭐라고 유언을 하셨는지 아십니까?"

"뭐라 하셨습니까?"

"세자가 어리고 세상 물정을 아무것도 모르니 저에게 왕위를 넘기겠다고 하셨습니다."

그 말을 듣고 나는 입을 다물 수 없었다.

'무왕이 그런 사람이었던가? 내가 오해를 하고 있었구나……'

"그 말이 정말입니까?"

내가 묻자 강태공이 대신 대답했다.

"신도 임종 자리에 같이 있었습니다. 주군께서 분명히 그리 말씀하셨소이다."

"그래, 주공은 뭐라고 대답하셨소."

"주공께서는 '형님마마, 그럴 수는 없사옵니다. 이 아우가 새 왕을 적극적으로 보필하겠습니다' 이렇게 답변하셨지요."

주공이 다시 입을 열었다.

"오래전 두 분 앞에서 제가 맹세를 한 적이 있습니다. 반드시 조카를 왕위에 올리겠노라고……."

"맞습니다! 그러신 적이 있지요."

내가 고개를 끄덕이며 말하자 주공이 받았다.

"그 일 덕분에 촌각도 망설이지 않고 형님마마에게 답변할 수 있었습니다. 두 분께 다시 한 번 감사드립니다."

"그래 무왕께서 뭐라고 하시던가요?"

주공의 눈에 눈물이 글썽였다.

"형님마마는 잠시 저를 바라보더니 미소를 머금고 승하하셨습니다. 저는 형님마마와 한 약속을 반드시 지킬 것입니다."

한동안 침묵이 흘렀다. 마침내 강태공이 침묵을 깨고 말했다.

"돌아가신 주군은 지병이 도져서 말년에 거의 거동을 못 하셨습니다. 지난 몇 년 동안은 사실 주공께서 대신 주나라를 통치하셨다고 해도 과언이 아니었지요."

"아, 그랬었군요."

"주공은 '주례'라는 책을 펴서 법과 제도를 정비하셨습니다. 무엇보다도 단군 천자께서 알려주신 봉건제를 이용해 제후들의 마음을 얻으셨지요. 심지어 상나라 고위 관료들에게도 봉토를 나눠줘 상나라 백성들의 마음까지 얻었습니다."

"스승님, 과찬이십니다. 인제 그만 하세요."

주공이 말리려 하자 강태공은 더 목소리에 힘을 줘 말했다.

"덕분에 주나라가 이처럼 이른 시일 안에 안정을 되찾게 된 것입니다. 이 모든 것이 주공의 덕에서 연유한 것이지요. 그랬는데도 은혜를 원수로 갚는 놈들은 여전히 있더이다."

"그랬습니까?"

나는 계속 귀를 기울일 수밖에 없었다.

"주공은 죽였어도 시원치 않을 주왕의 아들 무경이라는 놈에게도 봉토를 주셨습니다. 그랬더니 이놈이 다시 상나라를 세우겠다고 반란을 일으켰지 뭡니까."

"그래서요?"

"신이 가서 깨끗이 정리하고 돌아왔습니다."

"역시 강태공이십니다! 목야 전투를 승리로 이끄신 분이 그까짓 반란쯤이야……."

"주공께서는 단호하게 일을 마무리하셔서 본보기를 보였지요."

"주공, 잘하셨습니다! 맺고 끊는 일은 분명히 하셔야지요."

"그래서 신은 희송 세자가 새로 왕이 돼도 주공이 계시는 이상 걱정할 일이 없을 거라고 단언합니다. 풍백은 '악발토포득현사'라는 말을 아시오?"

"아이, 스승님은 참……."

주공이 말리는 가운데 강태공은 천을 당겨 7글자를 적었다.

握髮 吐哺得賢士

"우리 주공께서는 귀한 손님이 오면 머리를 감다가 머리카락을 쥐고 마중을 나오셨고, 식사하다가 음식을 뱉어내고 마중을 나오셨다는 말이외다. 이만큼 주공께서 인재를 귀하게 여겼다는 말이지요."

나는 할 말을 잊었다.

"살날이 얼마 남지 않은 이 늙은이에게도 제나라 제후 자리를 주셨습니다. 며칠째 만류하고 있으나 주공께서 듣지를 않으십니다."

"스승님, 저와 가까운 사람들 모두 조금씩 챙겨줬습니다. 어리석은 제 아들놈 백금도 노나라 제후를 시켜주지 않았습니까. 결코 인심만 쓴 것은 아닙니다. 그러니 제발 이 제자가 드리는 마지막 선물이라고 생각하고 받아주세요."

평생 고생만 한 강태공 아니었던가. 주공은 강태공이 마땅히 제후의 복록을 누려야 한다고 생각하고 고집을 부렸다.

"강태공, 어서 주공께 감사드리시오. 이제 공식적으로 장례식도 끝났으니 빨리 가셔서 제나라를 인수하셔야지요. 아, 빈도가 제나라까지 같이 가겠습니다! 빈도 마차를 타고 가시지요!"

주공이 고개를 가로저었다.

"아닙니다. 제후 품격에 맞는 마차를 몇 달 전부터 준비해놓았습니다. 두 분은 그 마차를 같이 타고 가도록 하세요."

말이 필요가 없었다. 강태공과 나는 벌떡 일어나 큰절을 했고 주공은 정중하게 맞절로 받았다.

제나라 시조

이리하여 강태공과 나는 제나라 봉토를 향해 같이 떠나게 됐다. 강태공은 낚시를 하며 세월을 보내다가 일단 발탁되자 상나라를 멸하고 주나라를 세우는 데 혁혁한 공을 세웠다. 그는 또한 점괘보다는 사람의 의지가 세상을 바꾼다는 확고한 신념의 소유자이기도 했다. 하지만 그는 가끔 너무도 냉철했다.

얼마 전 부인이 강태공을 만나러 왔었다고 한다. 부인이 다시 함께 살자고 하자 강태공은 아무 말 없이 그릇에 물을 떠가지고 오더니 바닥에 쏟아부었다. 그러고 나서 부인에게 그 물을 그릇에 주워 담으라고 말했다. 부인은 어이없어하며 그를 바라보자 강태공이 말했단다.

"한 번 쏟아진 물은 도로 담을 수 없는 법이오. 한 번 헤어졌으면 다시 같이 살 수 없는 것이오."

어쨌든 그런 사람이 나와 나란히 제후의 마차에 앉아서 부임지로 가던 것이었다. 따르는 무리는 내 마차에 탄 강태공의 아들과 남궁괄이 통솔했다. 고개를 돌려 뒤를 보니 백 명 남짓한 사람들이 작은 마차나 말을 나눠 타고 있었다. 모두 희망에 가득 찬 표정들을 짓고 있었다.

'앞으로 제나라를 이끌고 갈 사람들이구나.'

"참, 기자는 어찌 됐소? 기자도 제후가 됐습니까?"

내가 묻자 강태공이 답했다.

"아니오, 그는 경재라는 곳으로 도망가 외부와 모든 연락을 끊었소. 최근 전혀 소식을 들은 바 없소이다."

강태공은 제나라에 도착하자마자 수없이 많은 혁신을 단행했다. 각종 의식을 간소하게 고치고 백성 위주의 통치를 펼쳐 나아갔다. 점령군의 위세를 과시하는 대신 지역의 특성을 존중하는 정책을 폈다. 보름 동안 강태공의 통치를 지켜본 나는 감탄에 감탄을 거듭했다.

내가 조선으로 떠나기 전날 밤 강태공이 내 숙소로 찾아왔다.

"풍백, 죽기 전에 꼭 알고 싶은 것들이 있소이다."

"그게 무엇입니까?"

"이게 아사달 감성에서 만들어서 배포한 우주 그림이오."

강태공은 우주 그림 하나를 보여줬다.

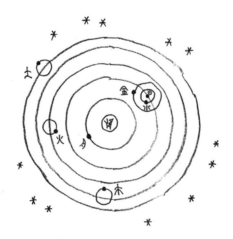

"이 그림은 유위자 대선인께서 그린 것이 확실합니다. 그런데 유위자 대선인께서 처음으로 그리신 건지 아닌지는 모릅니다."

"그게 뭐가 중요합니까. 중요한 것은 우리 눈앞에 이 그림이 있다는 사실입니다. 가운데 글자가 '땅 지'의 갑골문자지요?"

"예, 물론 백성들 대부분은 땅이 평평하다고 믿고 있습니다만 저희 감성관들 대부분은 땅이 둥글다고 믿습니다. 그래서 지구라고 부릅니다."

"평생을 고민한 문제입니다. 만일 지구가 둥글다면 지구는 스스로 돌 수도 있겠네요?"

"돈다니요?"

"회전할 수도 있다는 말입니다."

'앗, 그렇구나! 우리는 지구가 둥글다고 생각만 했지 돈다는 생각은 해본 적이 없다!'

나는 망치로 뒤통수를 얻어맞은 느낌으로 아무 말도 못 했다.

"지구가 돌면 해와 달과 별이 뜨고 질 것 아닙니까."

"그, 그렇지요! 해와 달과 별이 하늘에서 매일 한 바퀴 돌지요. 그런데 지구가 하루에 한 바퀴씩 돈다면 쉽게 설명이 되네요!"

"만일 지구가 둥글다면 반드시 돌아야 합니다. 풍백, 달을 보세요. 우리가 보는 달은 항상 토끼와 두꺼비가 있습니다. 그게 왜 그렇다고 생각하십니까?"

"……."

"수박처럼 둥근 달의 한 면이 항상 우리를 향하고 있다는 말은……, 달이 지구를 돌며 회전한다는 뜻이 아니고 무엇이겠소?"

"맞습니다! 그렇다면 달은 한 달을 주기로 회전하겠네요. 그래야 보름달마다 토끼와 두꺼비가 보일 수 있으니까요. 아, 우리 감성관들은 왜 그 생각을 못 했을까요."

'그래. 둥글다는 사실도 받아들일까 말까 고민하던 차였으니 회전한다는 생각은 아예 엄두가 안 났던 것이야. 그런데 강태공은 거기까지 생각한 것이지. 어찌 보면 우리 감성관 백 명보다 낫지 않은가. 아, 강태공의 지모는 어디까지인가!'

"그럼 더욱 재미있어집니다."

"예에?"

나는 강태공 입만 바라봤다.

"지구가 돈다 해도 하늘 극 방향에 있는 북극성은 돌지 않습니다. 지구의 자전축 끝에 북극성이 있으니까요. 즉 뭇별들만 북극성을 중심으로 돌게 되지요."

"그건 잘 알려진 사실입니다."

"그런데 이 세상에 얌전히 돌기만 하는 물건은 없습니다."

"무슨 말씀이신지……."

"예를 들면, 팽이를 보세요. 팽이가 돌기만 합니까? 팽이가 빨리 도는 가운데 팽이의 축도 서서히 원을 그리지 않습니까."

"……."

내가 이해를 못 하는 것처럼 보이자 제왕은 바로 옆에 놓여있던 서랍에서 팽이와 팽이채를 꺼내 쳤다.

"보시오. 과인이 여러 번 쳐 봤지만, 팽이의 축은 항상 천천히 따로 돌았습니다."

"무슨 말인지 이해했습니다. 그런데요?"

"지구는 매일 한 바퀴씩 돕니다. 하지만 지구의 축은 훨씬 더 천천히 돌 것입니다. 그 주기는 수백 년, 수천 년일 수도 있지요."

순간 내 머리를 강타하는 것이 있었다.

"그렇다면……."

"오랜 세월이 지나면 북극성이 바뀌어야 합니다!"

(끝)

사족

집필을 마치고 나니 이게 소설인지 '주역' 해설서인지 빈도도 의아했다. 그렇다면 강태공을 제대로 썼다는 얘기 아니겠는가. 실제로 '주역'에 어려운 한자들이 다수 등장하는 것을 보면 주나라 시대의 문화가 생각보다 훨씬 더 발전했을 가능성이 크다.

강태공은 바른 생각과 현명한 기지로 천하의 인물들을 모아 난세를 평정하게 만든 위대한 인물이었다. '세월을 낚으며' 때를 기다릴 줄 아는 그는 현대를 살아가는 모든 사람에게 본보기가 되고 있다. 그는 목야 전투에서 승리한 후 많은 병법서를 남겼는데 그 내용은 명확하지 않지만, 군대의 배치 같은 전략 외에도 각종 여론 장악 기술 등도 포함됐다고 한다.

막판에는 강태공이 지구의 '세차운동'에 대해 통찰한 것 같은 모습까지 그려봤다. 빈도가 아는 한 강태공 같은 사람들은 모두 당대의 '아인슈타인'이었다. 당시 천재 중 누군가는 둥근 지구를 믿으며 그 정도까지 생각했을 가능성이 충분히 있다고 본다. 서양의 탈레스는 BC 6세기 사람이지만 일식을 정확히 예측했다고 한다. 왜 동양의 천재는 이와 비슷한 일을 하지 않았다고 단정하는가. 빈도 생각에는 기록이 전해지지 않을 뿐이다.

빈도 생각에 개벽 또한 배달 민족의 우주관이다. 태호복희왕의 하도가 예고하는 개벽의 역사는 의외로 알려진 것보다 깊을 가능성이 있다. 유대 민족은 2천 년이 지나서 '젖과 꿀이 흐르는 땅'에 자기들만의 나라를 세웠다. 우리 민족도 개벽을 수천 년에 걸쳐 목이 빠지게 기다렸을 가능성이 크다. 이런 생각으로 빈도는 이미 「유위자-개천기5」 편부터 개벽을 등장시켰던 것이다.

기자는 존재감도 없을 뿐 아니라 단군조선의 영역에서 멀리 떨어져 산 사람이다. 그런데 식민사학자들은 '기자조선' 운운하며 역사를 무지막지하게 왜곡한 적이 있었다. 이 소설에 나오는 기자가 아사달을 점령하고 단군 노릇을 했다는 것이다! 그들도 양심은 있는지 요즘은 차마 '기자조선'을 언급하지 못하고 있다. 하지만 여전히 '위만조선'을 확대해석해 여전히 민족의 자긍심을 갉아먹고 있다. 참으로 한심한 인간들이다.

「개천기」 시리즈를 집필하면서 빈도는 「환단고기」 등에 나오는 용어들을 최대한 충실히 따랐다. 하지만 모든 용어를 그 시대에 어울리게 만들 수는 없었다. 어휘를 계속 새로 만들어 나아가면 아마 독자들도 혼돈돼 읽지 못할 것이다. 그래서 「환단고기」에 나오지 않는 어휘들은 그냥 요샛말로 기술했으니, 예를 들어, 천문대는 그냥 천문대, 백두산은 그냥 백두산이라고 했다. 문왕을 처음부터 문왕이라고 부르는 것도 그런 단순화 맥락에서다.

아무쪼록 독자들은 그 당시 용어들이 이 소설에서 현대식으로 번역이 됐다고 생각하고 읽어주기를 바란다. 독자들이 타임머신을 타고 그 시대로 가서 주인공들 사이에 빠져서 들어간 것처럼 느낄 수만 있다면 빈도는 대만족이다. 마지막으로 언급하고 싶은 것은 「환단고기」 연대와 중국 기록의 연대에는 약간의 차이가 있다는 점이다. 하지만 강태공 시대의 차이는 삼황오제 시대의 차이만큼 크지는 않다. 따라서 빈도는 이 소설의 내용이 충분히 그럴듯하다고 믿는다.

주요 연표

연도(BC)	개천	단기	사건
3897	1		- 거발환 배달 건국
3804	94		- 해달 천백이 되다
3402	496		- 발귀리 천백이 되다
2707	1191		- 일월 천백이 되다
2343	1555		- 신지 천백이 되다
2333	1565	1	- 왕검 단군 등극
1766	2132	568	- 우량 감성관장이 됨
1151	2747	1183	- 연나 단군 서거, 솔나 단군 등극
1126	2772	1208	- 산의생 감성관장이 됨
1122	2776	1212	- 상나라 멸망
1116	2782	1218	- 주나라 무왕 서거, 성왕 등극
1063	2835	1271	- 솔나 단군 서거, 추로 단군 등극